Ein Sommer der Liebe

Für Tanja und Pascal

Steven Omen
Ein Sommer der Liebe

Alle Rechte beim Autor
Herstellung: Books on Demand GmbH, Norderstedt
ISBN 3-8330-0092-9

Vorwort des Verfassers:

Oh gern möchte ich dich, günstiger Leser, unter jene schattigen Platanen führen, wo ich die seltsame Geschichte des Franz zum ersten Mal hörte. Du würdest dich mit mir auf dieselbe, in duftigen Stauden und bunt glühende Blumen halb versteckte, steinerne Bank setzen; du würdest, so wie ich, recht sehnsüchtig nach den blauen Bergen des Kaiserstuhls schauen, die sich in wunderlichen Gebilden hinter dem sonnlichten Tal auftürmen, das am Ende des Laubganges sich vor uns ausbreitet. Vielleicht geht es dir, geneigter Leser, wie mir, und deshalb erzähle ich aus erheblichen Gründen diese Geschichte. Denn Franz ist mir der Liebste, in dem ich meine Welt finde, bei dem es zu geht wie um mich und dessen Geschichte mir doch so interessant und herzlich erscheint, welche freilich kein Paradies, aber doch im Ganzen eine Quelle unsäglicher Glückseligkeit ist.

Sonnenuntergang am Atlantik

„Kafka, Franz, Erzähler, *1883, †1883, Versiche-
rungsangestellter, als Schriftsteller einer der qual-
voll-schöpferischen Seismographen seiner Epo-
che. In klarer Prosa entstanden ahnungsschwere
surrealistische Mythen der modernen Seele, in
denen ein angst- und schuldgequältes, in ausweg-
loser Lage verfangenes Daseinsgefühl zur Bildge-
stalt wird. - Jemand musste Franz K. verleumdet
haben, denn ohne, dass er etwas böses getan
hatte wurde er eines Morgens verhaftet" rezitierte
mit verschlafenen Augen Franz Milker auf der
alten Neckarbrücke gedankenverloren aus einem
Buch, mit dem er sich zu Zeit beschäftigte. Und
etwas kafkaesk fühlte er sich, auch wenn er an
seine derzeitige Situation dachte. Im Gegensatz
dazu war es einer der schönen Tage im beginnen-
den Frühling. Der Neckar floss träge in seinem
Flussbett. Die Luft war lau, nicht zu kalt aber auch
nicht zu warm. Franz schaute von der verträumten
Brücke in Heidelberg auf das graue Wasser des
Neckars. Wenn er so die erblühende Natur
betrachtete, wie die Frühlingsblumen ihre bunten
Knospen entfalteten, wie die Vögel wieder aus
dem Süden zurückkehrten und ihr vielstimmiges
Konzert anstimmten, ja dann wurde es ihm warm
ums Herz. Er liebte die Natur. Zwar studierte er
nicht Biologie, sondern Germanistik, aber die Ver-
bundenheit zu Flora und Fauna war ein Teil seiner
facettenreichen Persönlichkeit.
Der leichte Wind trieb ihm den Frühlingsduft in die
Nase und er musste wieder wehmütig an Cornelia

denken. Sie kannten sich schon seit einigen Semestern. Doch so richtig verliebt hat er sich in Cornelia erst auf der Party bei Cedric am letzten Samstag. Es schien eine dieser Standardpartys zu werden, auf die man öfters eingeladen wird. Cedric war ein Künstler, oder besser gesagt er versuchte es einer zu sein. Außer abstrakten Malereien, die dann Namen wie „Gewitter auf Jupiter" oder „Fliege im Schneesturm" hatten, brachte er nichts weiter zustande. Cedric feierte seinen 30 Geburtstag und er hatte keine besonders gute Laune, denn auch er hatte noch vor nicht allzu langer Zeit Sprüche wie „Trau keinen über 30" verbreitet. Nun war er selber ein Bifi, d.h. „Bis Fünfzig".

Die Feier schien den unvermeidlichen Ablauf einer Studentenfeier zu nehmen. Schon waren bei Einigen die Blicke nicht mehr so klar und die Gespräche wurden immer exaltierter. Lautes Gelächter unterbrach das Gemurmel immer öfter. Kurz gesagt, es wurde langsam gemütlich. Aber Franz wollte sich schon verabschieden, weil er heute keine Lust auf spätpubertäres Geschwätz und endlos ermüdende Philosophiediskussionen hatte.

Doch da erblickte sein Adlerauge Cornelia. Er kannte sie ja schon länger. Doch wie sie heute aussah, ließ ihm den Mund vor Staunen offen stehen. Sie hatte kaum noch Ähnlichkeit mit der grauen Studiermaus, wie er sie noch gestern gesehen hatte. Dass sie sehr nett und intelligent war, wusste er. Aber mit ihrem roten, dekolletierten Abendkleid, der hochgeschlossenen B-52-Frisur und ihren blutrot geschminkten Lippen sah sie einfach toll aus.

Franz schlich sich unauffällig an sie heran und bewunderte ihre Aufmachung. „Hallo Cornelia", begrüßte er sie. „Da ist ja unser Dottore Faustus", entgegnete sie ihm in Anspielung auf seine Vorliebe für Goethe und seinen Faust. Flugs unterhielten sie sich prächtig über Gott und die Welt und vergaßen die Welt um sich herum. Heute glänzten ihre Augen für ihn wie Diamanten und ihr Parfüm verzauberte ihn noch dazu. Es war zwar nur Chanell Nr. 5, aber für Franz roch es wie süßer Nektar für eine Biene. Zwar hatte er schon ein paar Cuba libre intus, zu betrunken war er aber noch nicht. Ihm kam der Song von Klaus Lage in den Kopf. Der Refrain lautete „Tausend mal berührt, tausend mal ist nichts passiert, doch jetzt hat es Zoom gemacht." Er war bis über beide Ohren verliebt in sie.

***

Nun stand er an der alten Brücke und döste so vor sich hin. Normalerweise müsste er ja jetzt in einer Literaturvorlesung über E.T.A. Hoffmann sein, aber er lehnte sich an das Brückengeländer und dachte an alles, nur nicht an seine Vorlesung.
Er musste Cornelia wiedersehen. Auf der Party war sie nach einiger Zeit wie vom Erdboden verschluckt und Franz hätte sich gern noch längere Zeit mit ihr unterhalten. Überall suchte er nach ihr und fragte in seiner Verzweiflung schließlich Cedric, wo Cornelia denn geblieben sei. Doch Cedric war schon zu derangiert, um eine klärende Ant-

wort zu geben. Er wusste nur noch von Cornelia, dass sie Stiller mit Nachnamen hieß und eine grüne Ente fuhr.

Franz ging weiter und schlenderte am Neckarufer entlang. Wirklich wunderschön dieser Tag, dachte er. Verliebt war er schon öfters gewesen. Aber unsterblich verliebt im knospenden Frühling zu sein, schien das Höchste zu sein. Schließlich setzte er sich auf der Neckarwiese unter einen schattenspendenden Baum und döste ein.

Franz war in seinem Traum plötzlich der Mönch Medardus aus E.T.A. Hoffmanns Elixiren, den er bis heute zu lesen hatte. Am fürstlichen Hofe war er ein angesehener Mann. Seine Eloquenz und sein Humor erfreuten den kunstinteressierten Fürsten und besonders seine Ehefrau war von ihm angetan. Sie sah zufälligerweise so aus wie Cornelia, nur trug sie ein barokkes Kleid und hatte eine gepuderte Perücke auf dem Kopf. Im fürstlichen Hofgarten, welcher sehr groß und sehr englisch war, erblickte er, alias Medardus, die Fürstin, die ein genaues Ebenbild von Cornelia war, und rannte auf sie zu. Sie aber lief vor ihm weg und je schneller er rannte und ihr zurief sie möge doch stehen bleiben um so größer wurde der Abstand zwischen Ihnen. Erschöpft blieb er stehen und wischte sich den Schweiß von seiner Stirn. Er musste sie bekommen, dachte er, koste es was es wolle. So träumte er weiter von üppigen Empfängen, prächtigen Feuerwerken und von Cornelia, als er jäh durch ein Schütteln an seiner Schulter aus seinen Träumen gerissen wurde.

***

Es war Hans, sein Kommilitone. „Was döst du denn hier auf der Neckarwiese?", fragte Hans. „Mir war heute nicht nach studieren zumute", entgegnete Franz schläfrig und knuddelte Murgl, den Hund von Hans. Er selber mochte ja mehr Katzen, aber Murgl war eine sympathische Promenadenmischung mit einem ausgeprägten Drang alles mögliche zu apportieren. Hans war vom Charakter her der Deszendent von Franz. Als Physikstudent kurz vor den Diplomprüfungen war er analytisch kühl und mit einem bis zum Sarkasmus reichenden Humor versehen. Er hasste Partys oder ähnliche Menschenansammlungen wie Theaterbesuche, weil sie seiner Meinung nach Zeitverschwendung sind. Er stand immer früh auf, blieb selten länger auf und betrachtete Belletristik zu lesen als unnötige Verprassung von Zeit und Energie. Seine Nickelbrille und sein stoppelkurzes Haar betonten so noch seine analytische Persönlichkeit. Aber Hans hatte auch durchaus sympathische Eigenschaften. So konnte er z.B. in endloser Reihe alle möglichen Witze, wenn es sein musste stundenlang in einer sehr geschliffenen und bildhaften Art und Weise erzählen, bis alle sich vor Lachen am Boden wälzten.

Franz stand auf und fragte Hans, ob er im Drugstore, einem Café in der Altstadt, einen Kaffee mit ihm trinken wolle. Hans wollte zwar erst nicht mit („Hm, weiß nicht, meine Physikbücher warten"), aber nach einigem Drängen von Franz ging er doch mit. Der Drugstore in der Kettengasse war etwas spezielles in Heidelberg. Es war ein Lokal, in dem man Schach spielen konnte, manche spielten sogar um Geld. Meistens war es voll hier.

Doch jetzt am späten Vormittag war es relativ leer und sie fanden leicht einen Platz. Da Hans viel besser als Franz Schach spielte, versuchten sie erst gar kein Spiel, weil der Gewinner von vorn herein feststehen würde. Einmal hatte Hans ihn schon blind schachmatt gesetzt, also ohne auf das Brett zu schauen, nur seine Züge vernehmend.

Nachdem sich Hans genüsslich über sein Lieblingsthema, nämlich über das Schachspielen, ausgelassen hatte und was Franz ziemlich gelangweilt hatte, bestellten sie sich zwei Caipirinhas und begannen über Frauen zu reden. Für Hans, als analytisch geschulten Physiker, waren Frauen oder „Weiber" wie er sagte, nichts weiter als ein notwendiges Übel, um sich reproduzieren zu können und so seine Gene in die nächste Generation zu transformieren, zwar nur zu 50 %, aber immerhin. Franz war da natürlich ganz anderer Meinung: „Frauen sind ein faszinierender Mikrokosmos für sich. Die meisten Frauen lieben scheinbar zum Beispiel starke und muskulöse Männer. Aber sobald sie so ein Prachtexemplar anspricht und er ihr im Laufe des Flirts mit zwinkernden Augen vorschlägt mit ihm auf sein Zimmer kurz zu gehen, schreien sie empört auf und bezeichnen ihn als Macho.", dozierte Franz. „Das ist ja völlig klar", entgegnete Hans, „ Das Weib visualisierte deinen beschriebenen Adonis körperlich als begehrenswert, also bezüglich des Physischen. Nach dem kurzen verbalen Zweikampf wurde ihr aber klar, dass es nur ein optischer Reiz war und dass er ihren Anforderungen in punkto Charakter, Intelligenz und Charme nicht nachkam. Hätte dieser Adonis noch nebenbei erwähnt, er wäre Schauspieler und er lernte gerade seinen Text für Julius Cäsar in Brechts Theaterstück ´Die Geschäfte des Julius Cäsars`, so wäre sie sofort mit ihm mindestens in seine Wohnung gegangen. Ja so sind die Weiber."

„Da muss ich aber entschieden widersprechen „ erwiderte Franz, an seine Cornelia denkend. „Frauen, oder besser gesagt Mädchen, sind keine scharf kalkulierenden Maschinen, die unentwegt die fehlenden 50 % der Gene für ihre Kinder suchen, nein, nein, sie sind gefühlvoll, zwar auch manchmal launisch und impulsiv, geben dafür auch viel Liebe, Zärtlichkeit und Geborgenheit, wenn Sie sich für Jemanden entschieden haben. Was wäre die Welt ohne Frauen? Manchmal sind es Kleinigkeiten, die entscheiden. Sei es der Blick, die lustigen Lachfalten, die Gestik oder die Fähigkeit zehn Witze en train zu erzählen. Du kannst die Mischung aus Arnold Schwarzenegger , was den Körper betrifft, und Albert Einstein, was den IQ betrifft, sein und sie findet dich trotzdem abstoßend, weil sie nur auf kaputte Rocker steht."

Inzwischen hatte sich der Drugstore ziemlich gefüllt, es war ja schon Mittag. Es wurden Bretter aufgebaut, Figuren positioniert und Blitzuhren aufgezogen. Nach und nach erfüllte das metallische Klicken der Schachuhren das Lokal.

Beim dritten Caipirinha angelangt wurde Franz etwas melancholisch. „ Da gibt es eine Frau die mich fasziniert. Ich kann nicht mehr in Ruhe studieren, sie ist einfach in meinem Kopf." „Von wem redest du eigentlich?, fragte Hans. „Ja von Cornelia, kennst du sie etwa?", entgegnete Franz. „Ist das so ein kleines brünettes Weib, die ziemlich sophisticated wirkt?" „Sag nicht Weib zu ihr, sie ist für mich eine Göttin." Hans stichelte: „ Was du bloß an ihr findest, sie ist unscheinbar, langweilig und meiner Meinung nach an Männern nicht interessiert". "Wie kommst du darauf?", fragte Franz ärgerlich. „Weil ich sie in den zwei Jahren, seitdem ich sie hier in Heidelberg kenne, noch nie mit einem Kerl zusammen gesehen habe. Karl, Dirk und unser Obercasanova Jonny können dies übereinstimmend bestätigen. „Vielleicht hat sie noch keinen gefunden, der ihr nett und sympathisch genug war", versuchte Franz Cornelia in Schutz zu nehmen und rauchte nun schon die zehnte Zigarette in drei Stunden.

Hans wurde von einem ziemlich gut spielenden Zocker angesprochen, ob er Lust hätte ein paar Partien um ein Getränk zu spielen. Er sagte nicht nein und so hatte Franz, der schon ziemlich benebelt vom Caipirinha und Liebeskummer war, die Gelegenheit mitanzusehen wie Hans seinen Gegner zersägte, nur rein metaphorisch natürlich. Mit den schwarzen Steinen spielte er das sehr aggressive Wolgagambit und hatte im Mittelspiel am Damenflügel eine totale Dominanz, dass sein Gegenüber die Qualität einbüßte, in ein hoffnungslos verlorenes Endspiel einwilligen musste und schließlich zur Demütigung mit einem Läufer und Springer, kurz vor dem Matt stehend, schließlich entnervt aufgab. Das geschah in einer rasenden Geschwindigkeit. So schnell konnte Franz ungeübtes Auge gar nicht schauen, wie die Figuren bewegt und geschlagen wurden. „Klick-Klack. Klick-Klack", tönte die Uhr. Nach drei gewonnen

Partien war das Ego von Hans befriedigt und der Verlierer bestellte artig beim Wirt das Getränk, einen Caipirinha natürlich.

So um vier Uhr nachmittags verließen sie den Drugstore, verabschiedeten sich noch kurz und Franz ging in seine Wohngemeinschaft bei den Plöks. „Es ist eine verrückte Welt. Muss man verrückt sein, um normal zu sein oder sind die Normalen verrückt?", philosophierte er als er den Schlüssel ins Schloss steckte.

***

Cornelia war unzufrieden. Es war wieder Samstag und sie hatte ein langweiliges Wochenende vor sich. Die Wochenenden der letzten Monate waren immer nach dem selben Muster abgelaufen. Sie bestanden nämlich nur aus morgens lernen, mittags lernen und abends lernen. Jetzt, da sie die Dissertation hinter sich hatte, erkannte sie, dass es ein Leben nach dem Studium gab. Bisher hatte sie alles dem Studium untergeordnet. Sie hatte sich total in die Ägyptologie vertieft. Zwar gefielen ihr schon ein paar Jungs. Aber sie dachte sich, zuerst die Arbeit, dann das Vergnügen. Doch jetzt verspürte sie eine innere Leere. Sie hatte zwar ihr Studium einigermaßen erfolgreich abgeschlossen, aber um welchen Preis? Sie beschloss, dies zu ändern. Und zwar mit dem selben Willen, mit dem sie ihr Studium vorangetrieben hatte. Der erste Schritt war die Party bei Cedric, dem Möchtegernkünstler, gewesen. Sie machte sich schick, wie sie es noch nie getan hatte. sie schminke sich nicht zu stark, aber genug um ihr schönes Gesicht noch bezaubernder zu machen, obwohl sie diese Art von Kriegsbemalung hasste. Ihr rotes Kleid hatte sie in einem Sekond-Hand-Laden gekauft und ein bisschen durch geschicktes Nähen selbst aufgepeppt. So wurde aus der grauen Maus eine Diva, für einen Abend zumindest. Mit diesem Imagewechsel erhoffte sich eine höhere Aufmerksamkeit bei den Jungs. Auf der Party schließlich fühlte sich in diesem etwas horizontalem Kleid total unwohl und wollte schon mit ihren Hackenschuhen wieder nach Hause staksen, als sie von Franz angesprochen wurde. Sie kamen gleich ins Gespräch und er war ihr gleich sympathisch. Sie verlor ihn aber bald im Durcheinander der Party aus den Augen und verließ auch schon ziemlich früh, durch den Sekt angeheitert, die Feier. Franz war ja ganz nett, aber war er auch der Richtige? Sie wollte auf jeden Fall nicht von sich aus die Initiative ergreifen, frei nach dem Lied „Weil ich ein Mädchen bin" von Lucilectric.

Cornelia rief ihre Freundin Heike an, um ein bisschen zu quatschen. Sie erzählte Heike von Franz und wie er ihr gefallen hat. Heike meinte, „Den Franz habe ich schon öfters im Cigarillo getroffen, die Location kennst du ja selber. Wenn du willst, können wir ja heute Abend hingehen, du verliebte Pharaonin. Vielleicht ist dein Traumprinz ja auch da". „Gute Idee", entgegnete Cornelia und sie verabredeten sich für 11 Uhr abends im Zigarillo.

***

Franz träumte. Er war der junge Werther und hatte sich in Charlotte verliebt. Doch sie war verheiratet und konnte seine Liebe, obwohl sie viel für ihn übrig hatte, nicht erwidern. Je mehr er sie sah, ihr Gedichte aufsagte, ihr Lieder vorsang oder sie zum lächeln brachte, um so unglücklicher wurden sie, weil ihre Liebe keine Hoffnung hatte. So forderte er ihren Mann zum Duell auf und erwachte als er die Kugel in seinem Herz spürte.

„Ooooh Goethe", klagte Franz als er in seinem Zimmer der Wohngemeinschaft aufwachte und machte den wohl herausragensten Genius der Deutschen für seinen Alptraum verantwortlich. Er blickte auf das spiegelnde Fenster und sah die Dächer der Innenstadt und den Neckar, der träge dahinfloss. Die Aussicht war schon einmalig. Es war 12 Uhr und er machte einen ausgiebigen Brunch. So gestärkt, begann er sich wieder mit dem zu beschäftigen, mit dem er sich schon die letzten Tage beschäftigte, nämlich mit Cornelia. „Cornelia, du bist meine Wendeltreppe zur Ekstase", dachte er. „Du bist die Sonne, ich bin der Mond. Du bist das Feuer, ich bin das Wasser. Du bist der Topf, ich bin dein Deckel." So kann das nicht weitergehen, überlegte er und rief Dirk an. Dieser konnte ihn aus sicherer Quelle versichern, dass Cornelia heute Abend im Cigarillo anzutreffen sein würde. Dirk ist nämlich der Freund von Heike, Cornelias bester Freundin, und der Buschfunk funktionierte hervorragend.

***

So saß Franz ab neun Uhr im Cigarillo und ließ seine Adleraugen über die Häupter der Anwesenden schweifen. Nirgends war Cornelia zu entdecken. Zufällig entdeckte er auf der Tanzfläche Nadja, seine Cousine. Sie kamen schnell ins Gespräch und hatten sich viel zu erzählen. „Du siehst spitze aus", bemerkte Franz. „Danke, das weiß ich selber", antwortete Nadja in ihrer typisch zipigen Art. Just in diesem Augenblick kam Cornelia, wieder ziemlich aufgedonnert, hinein und sah die Beiden auf der Tanzfläche. Ihr Puls begann zu steigen, die Beine wurden weich und ihr wurde schwindelig. Sie hatte verstanden, Franz hatte eine Andere und war nicht an ihr interessiert. Mit Tränen in den Augen lief sie hinaus. Franz hatte sie gesehen und lief ihr hinterher und rief „Cornelia, bleib doch stehen. Es ist nicht so, wie du glaubst. Sie ist meine Cousine". „Ja, und ich bin die Jungfrau von Orleans", antwortete sie und fuhr mit ihrer Ente Richtung nirgendwo.

Weinend und mit verschmiertem Make-up saß sie hinter dem Lenkrad und fuhr auf der Autobahn Richtung Mannheim. Tausend Gedanken gingen ihr durch den Kopf. Sie telefonierte mit ihrem Handy während der chaotischen Fahrt alle gespeicherten Kurzwahlnummern durch. Sie musste sich bei Jemanden ausheulen. Ihre Lieblingsfreundinnen waren alle nicht erreichbar. Als sie bei der Kurzwahl Nr. 7 angelangt war, hob Jemand ab und die sonore Stimme von Stefan war in der Leitung. Sie kannten sich seit der Grundschule und waren eigentlich wie Bruder und Schwester vertraut. „Grüß dich Stefan, hier ist die Cornelia, ich wollte einfach mal wissen wie es dir geht.", versuchte sie ohne schneufzen ins Handy zu sprechen. „Du mir geht es gut, zur Zeit bin ich im Carl-Benz-Stadion in Mannheim und schaue mir ein

Fußballspiel meiner blau-schwarzen Buben an." „Und ich bin zur Zeit auf der Autobahn und heule so vor mich hin." „Geht es dir nicht gut, du, wenn du willst können wir uns ja so in einer halben Stunde in meiner Maisonette treffen und quatschen, einverstanden?" „OK" hauchte Cornelia und legte auf.

Für Fußball hatte Cornelia überhaupt nichts übrig und sie konnte sich noch lebhaft an den Versuch von Stefan erinnern, ihr diese Sportart zu erklären : „Du Cornelia, das Fußballspiel ist eigentlich sehr einfach. Das Ziel ist es, das Runde ins Eckige zu schießen, lupfen oder zu köpfen. Natürlich ist es für einen Außenstehenden etwas sonderlich, wenn 22 erwachsene und im Vollbesitz ihrer geistigen Kräfte stehenden Männer hinter einem Lederball nachjagen und bei einem Tor, also wenn das Runde ins Eckige gelangt, sich wie kleine Jungs umarmen und hemmungslos ihrer Freude Ausdruck verleihen. Dies ist nur für den Außenstehenden unverständlich. Der wahre Fußballfreund genießt es. Es gibt nichts schöneres für ihn, wenn seine favorisierte Mannschaft in der letzten Spielminute den entscheidenden Führungstreffer erzielt und er mit dem ganzen Stadion dem Schützen zujubeln darf. Fußball ist ein Mikrokosmos für sich. Da werden Leute, auch Trainer genannt, geheuert und gefeuert, da werden Spieler, wie im alten Rom die Sklaven, zu exorbitanten Summen verkauft oder gekauft oder da werden Stürmer, die ein wichtiges Tor erzielt haben, zu Halbgöttern erhoben um nach einigen schwachen Spielen gesteinigt zu werden. Außerdem wird getunnelt, gefummelt, durch die Hosenträger gespielt, den sterbenden Schwan gespielt, Zeit geschunden, gezaubert oder es werden Kerzen geschlagen. Gibt es ein Leben nach dem Fußball? Nein, liebe Cornelia."

Inzwischen hatte sie sich wieder einigermaßen gefangen und sich an einer Raststätte wieder aufgefrischt. So ganz wohl war es ihr nun doch nicht zu Stefan zu fahren und so rief sie ihn kurzerhand wieder an und sagte ab.

***

Wie ein begossener Pudel stand Franz vor dem Zigarillo und wusste nicht wie es weiter gehen sollte. Er war total verwirrt und traurig. Seine geliebte Cornelia war weggelaufen, weil sie dachte er hätte sie schäbigst betrogen. Völlig entfremdet und in Gedanken bei Kafka ging er missmutig wieder hinein. Ohne Interesse sah er auf die Tanzfläche und fragte sich, wie vernünftig denkende Menschen zu undefinierbaren Tönen ihre Körper bewegen können. Nach drei Campari-Orange begann er melancholisch zu überlegen, während sich das Licht im Cocktailglas spiegelte. Ohne Cornelia war sein Leben sinnlos, zumindest hier in Heidelberg. Schon seit längerer Zeit hatte er mit dem Gedanken gespielt Heidelberg zu verlassen und in einer anderen Stadt weiter zu studieren. Ein Bekannter aus Paris hatte ihm bei einer Party gesagt, bei ihm könne er immer wohnen, für kurze Zeit zumindest, bis er was anderes gefunden hat. Nun begann diese Idee Wirklichkeit zu werden. Das Semester war vorbei und in Heidelberg hielt ihn nun nichts mehr. Die Sorbonne war schon immer seine Traumuniversität gewesen und sein Französisch war einigermaßen. Hier hielt ihn ohne Cornelia nichts mehr. Er trank aus und beschloss so bald als möglich nach Paris zu fahren. Carpe Diem!

***

Am nächsten Morgen kündigte er sein Zimmer in der WG packte seine sieben Sachen in zwei Koffer. Sein roter Käfer war zwar nicht mehr der jüngste, aber bis Paris würde er schon halten. Auf nach Paris! Die Stadt der Verliebten , wie es klischeehaft so hieß. Von wegen verliebt. In seinem Herzen war nur noch ein dunkler Fleck, den Cornelia gerissen hatte. Sie anrufen oder besuchen wollte er nicht, dafür war er zu stolz und zu gekränkt. Egal. Um Geld zu sparen fuhr er nur über die Routes Nationales, weil Autobahnen in Frankreich für Bafög-Bezieher ziemlich teuer sind. Durch die wunderschöne Champagne kam er nach einigen unvermeidlichen Umwegen in Paris an. Piere, so hieß sein Kumpel, wohnte in Clichy, einem nördlichen Stadtteil in Paris. Nach stundenlangen Suchen und Herumfragen fand er schließlich die Rue de la Madelaine und Piere begrüßte ihn auf das Herzlichste. Noch am selben Abend lernte Franz die unzähligen Kneipen und Läden des Quartier Latin kennen. Wobei Piere ihn viele Plätze, Häuser und Straßen mit netten Anekdoten näher brachte. Am Place Maubert, zum Beispiel, hielt der berühmte Albertus Magnus seine Vorlesungen unter freiem Himmel oder in der Rue de la Parcheminerie, wo sie zu Abend speisten, war im

Mittelalter das Zentrum der Schreiber, Kopisten und Pergamenthändler. Am nächsten Tag erkundete er alle Museen, die er schon immer sehen wollte. So zum Beispiel das Rhodin-Museum. Das mit dem Wohnen war für Piere kein Problem. Sein Vater finanzierte sein Studium und er hatte eine wohnliche Dachgeschosswohnung - „pour rien". Nach einiger Zeit hatte er den ganzen Beziehungsstress mit Cornelia und Heidelberg vergessen. Vive la France!

***

Cornelia fuhr weinend nach Hause und kuschelte einige Zeit mit ihrem Lieblingsplüschtier mit dem Namen Schäfchen. Wie konnte er nur , dieser Schuft! Die Männer sind doch alle gleich, dachte sie. Erst machen sie einem schöne Augen und beim nächsten Rock haben sie alles wieder vergessen. Männer sind doch alle schwanzgesteuert! Warum hadere und heule ich überhaupt? Der ist es doch nicht wert. Wohl doch, wie sie nach einiger Zeit sich selbst eingestehen musste. Das mit der Liebe war doch nicht doch so einfach wie mit dem Studium. Am nächsten Tag verschlief sie erst einmal bis zum Mittag und rief wieder ihre Freundin Heike an. Sie klagte ihr das ganze Leid und Heike war ganz baff. Sie konnte ihr glaubhaft versichern, dass die Unbekannte im Cigarillo tatsächlich die Cousine von Franz war. Erst wollte sie es nicht glauben, doch dann tat ihr alles so leid. Wie konnte ich nur so reagieren, ich eifersüchtige Furie, zeterte sie mit sich selbst. Um sich abzulenken ging sie abends ins „N-R-G" einen bekannten

Rave-Club, in dem Platten von Yves de Greuyter, Steve Mason oder Ultra-Sonic aufgelegt werden. Schöner, sanfter Hyperrave also. Ihr tat alles so leid. Sie tanzte ein wenig und beschloss nach einiger Zeit, Franz anzurufen uns ihn um Verzeihung zu bitten. Als sie am Telefon erfuhr, dass Franz das Zimmer in der WG gekündigt hatte und nach Paris gefahren ist, fiel sie aus allen Wolken. Wegen mir? Das gibt's doch nicht, dachte Cornelia.

***

Am nächsten Tag war ihr klar, dass ihr Franz fehlte, trotz allem. Wie kann ich bloß Kontakt mit ihm aufnehmen?, fragte sie sich. Also ging sie in seine WG am Plöck und traf dort wie zufällig Hans, den schachspielenden Physikstudenten.. Sie sagte ihm, dass er nach Paris gefahren ist. „Alter Schwede, dass hätte ich Franz nicht zugetraut", antwortete Hans der aufgelösten Cornelia. „Dann wird er bestimmt bei Piere unterkommen. Er hat ihm schon öfters angeboten, ihn in Paris in seiner Wohnung zu besuchen.", erläuterte Hans weiter. „Wirklich, was du nicht sagst, weißt du auch die genaue Adresse von Pierres Wohnung?", fragte Cornelia mit einem betörendem Augenzwinkern. „Nö, aber ich weiß, dass Piere mit Nachnamen Duvalle heißt und dass sein Penthouse irgendwo in Clichy, einem Stadtteil im Norden von Paris, liegt.", entgegnete Hans verlegen, da Frauen ihn selten so schöne Augen machten . „Warum willst du das denn so genau wissen", fragte er dann doch noch. „Ach, nur so", wich Cornelia aus und ging bevor Hans ihr seine neuesten Zoten erzählen konnte.

***

Nun wusste Cornelia, wo ungefähr sie Franz suchen musste. Sie rief die internationale Telefonauskunft an und erfuhr, dass es in Paris, Clichy, nicht weniger als 25 Piere Duvalls gab. Das brachte sie nicht weiter. Aber sie musste ihn finden, um das unglückselige Missverständnis im Cigarillo zu klären. So beschloss sie ebenfalls mit ihrer Ente nach Paris zu fahren. Sie tankte auf und nach sechs Stunden Autobahnfahrt bei Nacht war sie in Paris angekommen. Die Sonne ging gerade auf und es war imposant die Champs Elysées hochzufahren, am Place de la Concorde zu wenden und schließlich den Eifelturm zu erblicken.
Doch zum Vergnügen war sie nicht hier, sie wollte Franz finden. Sie stellte das Auto ab und wollte mit der U-Bahn die Wohnung von Piere finden. Sie nahm die Linie 13 Richtung St. Denise-Basilique und stieg am Place de Clichy aus. Sie ging den Boulevard Richtung Porte de St-Oden und fühlte sich in dieser riesigen Stadt verloren. Wie sollte sie hier jemals die Wohnung von Piere Duvalle finden. Sie hatte keinen Plan. Hals über Kopf war sie mit ihrer altersschwachen Ente über Nacht nach Paris gefahren. Nun war sie müde und hungrig. Sie sah ein Kino, in dem irgendein französischer Problemfilm lief. Sie ging hinein und schlief erst mal während des Films ein bisschen aus.
Als die Lichter wieder angingen, hatte sie eine Idee. Es gab also 25 Piere Duvalles in Paris.

„Warum sollte ich nicht einen nach den anderen anrufen, irgendwann erwische ich schon den Richtigen.", dachte sie. Sie kaufte sich beim nächsten Postamt für 50 Franc eine Telefonkarte. In Frankreich gibt es fast nur noch Kartentelefone. Sie riss die Seite mit den Duvalls aus dem Telefonbuch und begann zu telefonieren.

Nach zehn Versuchen war sie ganz schön genervt. Bei der Hälfte nahm keiner ab, beim Rest hatte sie Pech. So wählte sie die elfte Nummer und fragte, ob Piere Duvall zu Hause sei. Ihr Französisch war nicht gerade perfekt. Doch als Piere „Oui, c´est moi", antwortete, nahm sie alle Kenntnisse zusammen und fragte „ Conaissez-vous un ami de moi? Il s´appelle Franz" „Oui, pourquois?", entgegnete Pierre. „Sprechen sie vielleicht Deutsch", fragte Cornelia. Als Piere auf deutsch bejahte, erzählte sie ihm ihr ganzes Leid. So kam eins zum anderen und Piere holte sie mit seinem weißen Golf Cabriolet an der Telefonzelle ab.

***

In Pierres Wohnung angekommen, erfrischte sich Cornelia kurz. Schließlich fragte sie Piere, wo Franz ist. „Er ist mit seinem Käfer an den Atlantik gefahren. Genauer gesagt, an einen Zeltplatz bei Dieppe. Er sagte, er wolle etwas Abstand gewinnen. So lieh er sich ein Zelt von mir und ist losgefahren.", erklärte Piere. Nach einem gediegenen französischen Mittagessen verabschiedete sie sich von Piere und fuhr Richtung Atlantik. Sie nahm die Straße Richtung Beauvais, fuhr dann ein Stück Richtung Rouen und nahm schließlich die

RN Nr. 27 nach Dieppe. Für die Landschaft interessierte sie sich nicht, sie wollte nur Franz finden.
Nach einigem Suchen fand sie den Zeltplatz bei
Dieppe. Er lag auf einer Klippe, die ca. 100 Meter
aus dem Meer herausragte. Aber das Auto von
Franz, den alten Käfer mit Heidelberger Kennzeichen fand sie dort nicht. So fuhr sie wieder herun-
ter zum Strand. Und sie glaubte ihren Augen nicht
trauen zu können: Hinter einer Düne stand ein
roter Käfer mit dem deutschen Kennzeichen HD-
TM 17271!

***

Cornelia stieg aus und rannte durch die Dünen
Richtung Meer. Kein Mensch war zu sehen, kein
Wunder es war ja schon acht Uhr abends und es
begann langsam zu dämmern. Sie wollte schon
wieder zum Auto zurückkehren, als sie in ungefähr
100 Meter Entfernung schemenhaft Franz
erblickte.

***

Franz genoss die Meeresluft. Er hatte seine
Schuhe ausgezogen und lief durch die anbrausen-
den Wellen. Leise summte er ein Lied, das er im
Radio gehört hatte:

A MEZZA VIA
e sono qui a mezza via
diquel e la corsa mia
e cerco un po´di verita
la verita, dvunque sia

dunque... credi...
sono qui con te
disorientato io
ma come poui capire
sono attimi cosi...
tutto gira troppo in fretta
che ci si scorda anche di vivere
Non e questo che io mi aspetto
io mi aspetto, momenti unici
percio io vorrei
riprendere il cammino insieme
io con te vorrei
se vuoi...
con te
con te continuera
se vuoi se puoi
sara
in te
in me immagina
in nuovo che verra
guardare indietro, guardare avanti
guardare dentro a quasti anni, i miei
cosi io
da qui io potrei
salire di un grandino il canto
se mi aiuterai
se vuoi...
con te
con te continuera
se vuoi se puoi
sara
in te
in me immagina
il nuovo che verra

Das Wetter war traumhaft, der Wind wehte leicht und das Meerwasser war an seinen Füßen herrlich anzufühlen. Die Wellen umspülten seine Füße und verwischten sofort seine Spuren. Er fühlte sich im Einklang mit der Natur. Die hervorstehenden Kalkfelsen waren in den spiegelnden Wellen der untergehenden Sonne traumhaft anzusehen. Ein Schiff war weit entfernt an seiner Silhouette zu erkennen. Die Möwen balgten sich um einen Fisch. Sein Kopf war richtig frei und er dachte an E.T.A. Hoffmann. Dann drehte sich um und sah wie ein Mädchen auf ihn zulief. Er glaubte zu träumen, es war Cornelia. Als er sie erblickte, rannte er auch auf sie zu. Sie nahmen sich in die Arme und umarmten sich lange. Bevor sie sich küssten, versuchte Cornelia ihm alles zu erklären und besonders wie sehr sie ihn vermisst hatte. Doch bevor sie zu Ende sprechen konnte, berührten sich ihre Lippen und sie küssten sich lange und leidenschaftlich. Nach einigen Minuten hauchte Cornelia:" Schau mal Franz, die Sonne geht im Atlantik unter" „Nein, für uns geht sie erst auf" flüsterte er und küsste sie weiter.

Zwischenwort des Verfassers:

Geneigter Leser! Nachdem ich dem Beginn der Geschichte von Franz recht emsig zugehört hatte, welche mir schwer genug wurde, war es mir auch, als könne, was wir insgeheim Traum und Einbildung nennen, wohl die symbolische Erkenntnis des Lebens sein. Wie zerriss es mir das Herz, als ich vom tragischen Zerwürfnis hörte. Vielleicht geht es Dir, günstiger Leser, wie mir und das wünschte ich denn aus erheblichen Gründen, die ich später darlegen werde, recht herzlich. Höre nun emsig den Fortgang und erfühle das Erforschen und Ausloten von Franz, mein hochgeschätzter Leser, damit auch dein Gefäß, was Seele genannt wird, sich bereichern kann. Lass mir noch kurz in meiner unvollkommenen Art und Weise dir ein gewichtiges Wort näher bringen: „Liebe, Love (engl.), Amour (franz.), Amore (ital.), Amor (span.), Eros (griech.), Milosz (poln.), Amor (lat.), umfasst eine Mannigfaltigkeit von Bedeutungen, als deren Wurzel meist die Geschlechtsliebe gilt. Diese ist Funktion bzw. die Überbauung des Geschlechtstriebs, der seinerseits zu den Arterhaltungstrieben (Gegensatz: Selbsterhaltungstriebe) gehört. Schon der Sprachgebrauch (Mutter-, Kindes-, Nächsten-, Gottes-, aber auch Natur-, Tier-, Selbstliebe) zeigt, dass es nicht nötig ist, alles als Liebe Bezeichnete aus dem Geschlechtstrieb abzuleiten. Das versucht zwar die naturalistische Psychoanalyse (Freud); für sie tritt aber an Stelle des Begriffs Liebe, der der Libido (lat. Lusttrieb), mit seinen beiden Formen der Ich-Libido (Narzissmus) und der Objekt-Libido. In der nicht-naturalistischen Psychoanalyse wird dagegen zwischen Geschlechtstrieb und geistiger Liebe unterschieden, wobei die Geschlechtsliebe selbst ohne einen Anteil an geistiger Liebe, d.h. ohne Wertvorstellungen und Werterlebnisse, nicht möglich ist. Diese geistige Liebe ist Gemütsbewegung (Affekt), aber zugleich intentioneller Akt (Intentionalität), d.h. sie ist auf Gutes gerichtet. „ Das mit richtiger Liebe Liebende, das Liebwerte, ist das Gute im weitesten Sinne des Wortes". Im Gegensatz zur „blinden" sinnlichen Leidenschaft macht die geistige Liebe „sehend". Das ist im wesentlichen auch der Sinn der Liebe bei Platon. Platonische Liebe bedeutet dagegen im Sprachgebrauch nur eine von sinnlichen Begierden freie Liebe. Als sympathetische Funktion (Sympathie) ist die Liebe gemeinschaftsbildend, wobei den Formen der Über-, Unter-, Nebenordnung entsprechend ebenso viele Zuneigungsformen bestehen."

***

Die Nacht war sternklar, die Luft war warm. Vom Meer wehte ein erfrischender Westwind und einige Möwen flogen umher. Es war Vollmond. Eng umschlungen gingen Franz und Cornelia durch die Dünen zu ihren Autos zurück. „Oh Cornelia, ich mag dich so sehr", sagte Franz. „Ich dich auch", entgegnete Cornelia. „Willst du mich heiraten?", sprach Franz und ging aufs Ganze. „Ist es nicht ein bisschen früh für einen Hochzeitsantrag? Wir kennen uns doch erst so kurz.", antwortete Cornelia. „Aber wenn du es ehrlich meinst, warum nicht. Für mich bist du der Traummann.", fügte sie noch hinterher. Franz war im siebten Himmel. Durch die rosarote Brille des Glücks sah die Welt für ihn wie ein nicht endender Traum aus. Sie küssten sich wieder und wieder. „Wir müssen fahren, Cornelia, es ist schon spät", drängte Franz während er die Meereswellen im Sternenlicht bewunderte. „Ja, aber wo sollen wir denn über nacht bleiben?", fragte Cornelia. „Natürlich bei Piere, vorläufig.", entgegnete er. So fuhren sie zu Pierres Wohnung in Clichy. Der war zwar nicht begeistert, als sie um 2 Uhr morgens vor seiner Tür standen, aber er ließ sie dann doch herein. Er zeigte ihnen ein Bett in dem sie schlafen konnten und wünschte ihnen eine gute Nacht. So lagen sie nun in einem zwar ungemütlich engen Gästebett aber sie hätten auch auf einem Nagelbrett liegen können, Hauptsache sie konnten sich eng aneinander kuscheln. Franz erkundete neugierig Cornelias Körper, während sie sein Haar zerzauste, doch beide waren dann doch so müde und erschöpft, dass sie engumschlungen in Morpheus Arme fielen.

***

Als sie am nächsten Morgen aufwachten, hatte Piere schon Kaffee gekocht und den Frühstückstisch gedeckt. Sie frühstückten und Piere verabschiedete sich von Ihnen um nicht eine Vorlesung über „Sartre und der Existentialismus" an der Sorbonne zu verpassen. „Ich bin Mittags wieder von der Vorlesung zurück", zwinkerte er zu ihnen und ging.

Erst nach einigen Tagen wurde Ihnen bewusst, auf was sie sich einigen Tagen eingelassen hatten. Verliebtsein ist wunderschön, doch wenn Franz halbwegs an die Realität dachte, dann bekam er doch ein leicht mulmiges aber schönes Gefühl. Aber zuerst genossen sie ihre unbeschwerte Zeit der Verliebtheit und turtelten wie

Tauben im Frühling durch die sonnigen Gassen von Paris. Durch Zufall bemerkte Franz, wie viel Juweliergeschäfte es eigentlich in seinem Arrondissement gab. Romantisch wie er war, kaufte er von den letzten Francs sündhaft teure Verlobungsringe und arrangierte ein schönes Diné mit Cornelia in einem exquisiten Restaurant. Das Restaurant gefiel ihm deshalb so gut, weil leise klassische Musik im Hintergrund lief und spätestens bei Kerzenschein eine außergewöhnlich romantische Atmosphäre entstand. Nachdem sie ihr Dessert (Peche Melba) zu sich genommen und endlos lange über Gott und die Welt geplaudert hatten, nahm er ihre zarten Hände in die Seinen, schaute ihr tief in die Augen und sprach den ominösen Satz mit leicht belegter Zunge noch einmal nach ihrem Liebeseingeständnis in Dieppe: „Willst du meine Frau werden?". "Ja, ich will dich, und zwar mit Haut und Haaren." Hauchte Cornelia leicht errötend, während Franz ihr den Verlobungsring über den Finger schob. Sie küssten sich lange leidenschaftlich und dachten, es wäre eine gute Idee sich zurückzuziehen, nachdem einige Gäste schon leicht pikiert aber verständnisvoll schauten.

Cornelia stürzte sich begeistert in die Hochzeitsvorbereitungen. Als Termin wurde der 9.9. festgelegt, ein Samstag. Es wurden Einladungen an Verwandte, Bekannte und sonstige unvermeidliche Hochzeitsgäste verschickt. Nach langen Diskussionen einigte man sich auf einen Kompromiss von zwanzig Gästen von jeder Seite, wobei Cornelia eher 100 Leute eingeladen hätte, aber Franz sprach in seiner galanten Art ein Machtwort: „Dann können wir ja gleich in Notre Dame heiraten und laden am besten gleich noch CNN ein". Listen mit Hochzeitsgeschenkwünschen wurden in nächtelangen Gesprächen bei einem guten Bordeaux erstellt, ein Polterabend im kleinen Kreis geplant, Behördengänge wegen der nötigen Dokumente waren zu erledigen usw. Cornelia verbrachte einige Nachmittage bei einem Couterier, um ein extraordinäres aber auch bezahlbares Hochzeitskleid zu finden. Kurz gesagt, es befanden sich beide im absoluten Trubel. Franz wurde es aber langsam zu viel, zuerst hatte er sich begeistert an der Sorbonne immatrikuliert, nun musste er aber sein Studium erheblich schleifen lassen, während Cornelia wohl nie glücklicher in ihrem Leben war. Zusätzlich dazu lösten sie noch das Wohnungsproblem. Glücklicherweise fanden sie eine hübsche und bezahlbare 4-Zimmer-Wohnung. Piere, der nebenher noch an einem experimentellen New-Age-Musikprojekt beteiligt war, gab ihnen den entscheidenden Insidertipp. So nebenher kümmerte sich Cornelia auch noch um ihr Antiquitätengeschäft. Und schließlich eröffnete Cornelia nach einiger Vorlaufzeit ihren Laden am 1. Juni, es war ein sommerlicher Montag, mit einer Vernissage über „Amun-Re und die Moderne" eines (noch) unbekannten Künstlers namens Abusimbel, den sie durch Zufall in einer Kneipe kennengelernt hatte. Der Andrang war groß und schon nach wenigen Wochen war klar, dass das Geschäft gut laufen würde.

Die Hochzeit war für beide traumhaft. Die eingeladenen Gäste konnten leicht bei Piere oder anderen Bekannten übernachten. Eine wirklich bezaubernde verträumte Kapelle in St. Germain war ein würdiger Rahmen für die Trauung. Sie war im typischen Renaissancestil gehalten und passte harmonisch in die umgebenden pittoresken Häuserblocks, die noch eine gewisse Aura und Ausstrahlung des ausgehenden Mittelalters hatten. Sie atmeten gewissermaßen noch die Geschichten und Ereignisse, denen sie als Kulisse dienten. Zu Gospelsongs verlief die Zeremonie so richtig romantisch. Im crèmefarbenen Kleid mit einer angedeuteten Schleppe und einem Schleier betrat Cornelia mit ihrem Vater die Kapelle. Vor dem Altar wartete schon Franz im dunklen Anzug und nahm seine künftige Ehefrau in Empfang. Bei der entscheidenden Frage hauchte sie entschlossen „Ja" und wurde dabei ein bisschen Rot auf den Wangen. Ihr glückliches Lächeln zauberte auch beim Bräutigam ein Leuchten in den Augen hervor, der zuvor mit leicht belegter Stimme die wohl wichtigste Frage seines Lebens bejaht hatte. Als sie hinausschritten und durch den Blumenblütenregen gingen waren sie wie im siebten Himmel und dachten nur noch an ihre gemeinsame Zukunft, die sich in den schillerndsten Farben darstellte. Franz und Cornelia stiegen in seinen roten Käfer und beim losbrausen bemerkten sie wie scheppernde Blechdosen eindeutig auf ihre soeben geschlossene Hochzeit hinwiesen. Im Rückfenster war das unvermeidliche Schild mit „Just married". Nach der feuchtfröhlichen Hochzeitsfeier in einer Schänke vor den Toren vor Paris fuhren sie am nächsten Morgen in ihre Flitterwochen nach Bordeaux. In seinen

Semesterferien, damals lebte er noch in Heidelberg, wurde Franz von einem ihm sympathischen Professor der Linguistik gefragt, ob er und drei seiner Kommilitonen Interesse hätten an seinem Ferienhaus bei Bordeaux, genauer gesagt Lesparre, bei der Renovierung mitzuhelfen. So fuhren sie für zwei Wochen dorthin und verprassten aus der Rückfahrt den Lohn in Paris innerhalb von drei Tagen und zwei langen Nächten. An diesen Professor erinnerte Franz sich, als sie nach einem Ort für ihre Flitterwochen suchten, der auch für Studenten machbar war. Ohne große Hoffnung rief er beim Prof an und dieser stellte ihn zu seiner großen Freude ohne großen Federlesens die Ferienwohnung zur Verfügung. So fuhren sie nun frisch verheiratet nach Lesparre und verlebten zwei wunderbare Wochen in der Abgeschiedenheit der nahen Atlantikküste. Bei langen Spaziergängen am Strand, kulinarischen Genüssen in den Restaurants der Umgebung oder bei langen Abenden am Kamin verspürten beide einen kosmischen Gleichklang, der wohl nur mit dem einen Wort umschrieben werden konnte: Liebe. In langen Gesprächen und Diskussionen konstruierten sie ihr ganz persönliches Koordinatensystem an Werten, Auffassungen und Lebenseinstellungen. Sowohl geistig als auch körperlich waren sie eine Einheit geworden. In dieser Zeit wurde wohl auch Francois gezeugt. Denn nach der Rückkehr aus Lesparre verkündete Cornelia mit Freudentränen ihren ebenso erfreuten Gatten, dass sie schwanger ist. Und so erblickte im Juli des darauffolgenden Jahres Francois das Licht der Welt.

***

So vergingen drei wunderbare Jahre für Franz und Cornelia. Während Cornelia sich voll ihrem prächtig wachsenden und gedeihenden Söhnlein widmete und nur noch nebenbei ein Auge auf das Antiquitätengeschäft warf, kam Franz mit seinem Studium nicht so recht voran. Ihm wurde Alles langsam zu viel. Bisher lebte er frei und unbeschwert wie ein Vogel. Nun war er verheiratet, hatte einen Stammhalter, der ihn vor allem nachts, wenn er gefüttert und gewickelt werden wollte, voll beanspruchte. Er musste nun Verantwortung übernehmen. Vorbei waren die Zeiten des in den Tag hineinlebens und der unbeschwerten Tagträumereien an der Uni in Heidelberg. Der Studieralltag in Paris brachte ihn nicht die erhoffte Erfüllung. Auch bei Cornelia war nach der üblichen rosaroten Anfangszeit der Lack ab. Er sehnte sich nach der Zeit zurück, in der er frei und losgelassen leben konnte. Kurzum, er fühlte sich nicht mehr wohl.

***

Kürzlich hatte er wieder ein Traum: Jemand musste Franz verleumdet haben, denn ohne dass er etwas Böses getan hatte, wurde er Morgens verhaftet, träumte er. Ohne Anklage und Begründung machte ihm der Untersuchungsrichter klar, dass er unter Umständen eine sehr harte Bestrafung zu befürchten hat. So wandte er sich hilfesuchend an eine Kanzlei und dessen Advokaten. Dieser konnte ihn auch nicht entscheidend weiterbringen, nur dass er sich um diesen ernstzunehmenden Fall kümmern werde. Entfremdet von seiner derzeitigen Situation und im Grunde seines Herzens einsam versucht er seinen Fall zu klären. Es hilft nichts. Kurz bevor er auf der Galerie getötet wurde, wachte er schweißgebadet auf. „Hattest Du einen Alptraum, Franz", fragte die leicht beunruhigte Cornelia. „Nein es ist nichts".

***

Wie durch Zufall fing er an, sich für Fernreisen zu interessieren. Er studierte die Preise nach Australien oder Hongkong und mit der Zeit nahmen seine Pläne konkrete Formen an. Er musste raus aus diesem goldenen Käfig, der mit dem täglichen Aufsagen des Satzes „Ich liebe Dich", scheinbar total glücklich zu lächeln und dem Herunterbringen des Abfalleimers verbunden war. Cornelia konnte inzwischen ganz gut auf sich und Francois aufpassen, redete er sich ein. Warum nicht dann ein kleiner Ausflug in die weite Welt?, flüsterte ihm das Teufelchen seines Gewissens in sein Ohr. Er würde Ihr Alles erklären, wenn er wieder zurück sein würde. Doch dann meldete sich wieder sein Engel im Gewissen und er fühlte sich schlecht und verlogen. Cornelia merkte auch sehr schnell, dass Franz nicht mehr die Freude und den Elan hatte, wie zu Beginn Ihrer Liebe. Sie versuchte durch Fragen und scheinbar harmlose Gespräche herauszufinden was ihn bedrückte. Doch als Antwort bekam sie nur Floskeln und ausweichende Phrasen von Franz. Warum sagte er ihr nicht was ihn bedrückte? Er wusste es selber nicht. Sie fingen sich wegen Kleinigkeiten an zu streiten und entfremdeten sich immer mehr. So ging es einige Wochen weiter. „Warum unterhalten wir uns nur noch über materielle Kleinigkeiten oder über die uns überhaupt nicht betreffenden Nachrichten aus dem Fernseher? Warum sprechen wir nicht über die wichtigen Sachen im Leben? Ich glaube mit Cornelia kann ich mich darüber nicht unterhalten. Sie denkt zu materiell", dachte er. Am Morgen nach einem solchen Streit musste Franz seinen alten Kumpel Piere vom Charles-de-Gaulle-Flughafen abholen. Am Last-Minute-Schalter studierte er gewohnheitsmäßig die Flugangebote, weil der Flieger Verspätung hatte. Für 499 DM nach New York. Das ist es, dachte er und kaufte sich ohne weiter die Konsequenzen zu bedenken das Ticket. Nun stand er da und hielt den Freifahrtschein aus seiner Lage in der Hand. Doch er fühlte sich frei und euphorisch. Er holte Piere noch schnell ab und fuhr sofort wieder zum Flughafen, um den Flug nicht zu verpassen. Um sein schlechtes Gewissen zu beruhigen, erzählte er Piere noch eine Geschichte von irgendwelchen dringenden Terminen in New York. Pierre war leicht beunruhigt und rief gleich Cornelia an. Doch um diese Zeit saß Franz schon im Flieger und überlegte, was er alles in New York machen würde.

Im Flugzeug las er einen Artikel, der ihn sehr belustigte: „Techno-Musik – Botschaft von Außerirdischen? Jeder kennt sie, viele junge Leute lieben Sie: Die Techno-Party, auch Acid oder House-Party genannt. Was noch vor ein paar Jahren als Geheimtipp in Berlin und Frankfurt gehandelt wurde, nimmt inzwischen immer schärfere Formen an. Jugendliche bewegen sich – manchmal bis zu acht Stunden hintereinander und ohne Pause – zum Klang der exakt vom Computer berechneten Klänge. Die Schnelligkeit der Musik wird –in „Beats per minute" ausgedrückt, die wiederum hat großen Einfluss auf das jeweilige Glücksgefühl beim Tanzen. „Die Zeit der Live-Band ist ein für allemal vorbei", so ein Insider. Inzwischen sind die Discjockeys die Stars, deren Kunst es ist, die vom Klangcomputer erzeugten Klänge in das vorgegebene „BPM-Schema" zu pressen und aneinander zu reihen. Die Tatsache, dass junge Leute wie in Trance acht Stunden zu dieser Musik tanzen können, ohne dabei auch nur die geringsten Anzeichen von Müdigkeit zu zeigen, wurde von Beobachtern der Szene immer wieder auf den begleitenden Konsum der Fitmacherdroge „XTC" geschoben. Eine ganz andere Erklärung hat hierfür der amerikanische Wissenschaftler, Dr. Jack Patrol (52), der kürzlich mit einer revolutionären Theorie an die Öffentlichkeit getreten ist. Seiner Meinung nach enthält die Technomusik Botschaften, die ins Unterbewusstsein des Konsumenten eingeschleust werden. „Hat man sich einmal auf den Tanz zu dieser Musik eingelassen, ist es schon zu spät. Man ist in den Klauen dieser Macht", so Patrol auf einer Pressekonferenz in Los Angeles. „Ob hinter diesen Botschaften Außerirdische stecken, weiß ich nicht mit Sicherheit zu sagen, fest steht nur, dass es sich mehr als nur Musik handelt", so Patrol weiter. „Zu viele merkwürdige Symptome bringt diese Musik mit sich. Ich habe Grund zu der Annahme, dass die jungen Menschen eine Information in ihr Gehirn eingeschleust bekommen." Dr. Patrol schließt die Möglichkeit nicht aus, dass keine guten Absichten dahinter stecken. „Zu einem späteren Zeitpunkt könnte man mühelos mittels posthypnotischem Signal die eingeschleusten Informationen aus dem Unterbewusstsein ins Bewusstsein rufen und die Opfer in willenlose Zombies verwandeln, die ausschließlich das tun werden, was sie von der zentrale dieses Machapparates befohlen bekommen", so Patrol weiter. Unter dem Begriff „posthypnotisches Signal" versteht die Psychologie ein Signal, das man eine zu einem früheren Zeitpunkt ins Unterbewusstsein eingeschleuste Information plötzlich ins Bewusstsein des Mediums ruft und den betroffenen Menschen dadurch völlig willenlos macht. Dieses Signal kann ein Ton sein, der z.B. auf das Medium mittels Telefon (oder bei Massenmanipulation über das Radio) übertragen wird und den ganzen Spuk schlagartig beginnen lässt. „Es ist nur eine Frage der Zeit, wann diese Seuche zum Ausbruch kommt", so Patrol weiter- „Und das Schlimme ist daran: Die Zentrale der Außerirdischen bestimmt, wann dieser Zeitpunkt sein wird." Petrols Appell an alle Jugendlichen: Tanzt nicht zu dieser Musik! Geht nicht zu Technopartys! Ihr seid in großer Gefahr! Vertreibt die Discjockeys aus eurer Stadt, denn sie arbeiten mit dem Teufel zusammen! Inzwischen hat sich ein Arbeitskreis aus führenden Psychologen, Paragnosten und Musikwissenschaftlern mit dem Phänomen „Technomusik" beschäftigt, um den ernstzunehmenden Thesen des Wissenschaftlers auf den Grund zu gehen. (Quelle: Das Beste aus NEUE SPEZIAL, 1993)"

***

Der Flug verlief bis auf einige Luftlöcher ganz ruhig. Nach dem unvermeidlichen Begrüßungscocktail (Cuba Libre) und dem halbkalten Lunch (undefinierbare Mischung aus Pasta und rotem Fleisch) lehnte er sich ein wenig zurück, um zu dösen. Da sprach ihn sein Sitznachbar an, den er schon beim Einsteigen äußerst unsympathisch gefunden hatte. „Entschuldigen Sie, aber sie müssen mein Schwitzen entschuldigen, ich habe fürchterliche Flugangst. Ich muss morgen einen wichtigen Geschäftsabschluss in New York mit unserer Franchise-Firma in den Staaten abschließen und per Schiff dauert es doch etwas lange.", sülzte der Dicke weiter während er sich permanent den Schweiß aus seinem eberköpfigen Gesicht abwischte. "„Das ist sehr interessant" sagte Franz, was ein folgenreicher Irrtum war und drehte sich ostentativ zur Seite weg von diesem Schweißberg. So ging es dann die ganze Zeit, auch als Franz sich die Augenbinde aufsetzte und durch lautes Schnarchen einen tiefen Schlaf vortäuschte. So erfuhr er die ganze Lebensgeschichte der wandelnden Hamburgerentsorgungsstation. Leidend nickte er ab und zu mitleidig mit dem Kopf und wünschte sich schließlich einen sofortigen Flugzeugabsturz nach drei Stunden Beichtamt.

***

Als der Airbus aber auf dem J.F.K.-Flughafen in New York zur Landung ansetzen wollte, glich die Landebahn einer Waschsuppe. Es war der bei Piloten so gefürchtete Mix aus Regen, Nebel und Dunkelheit. Als die Reifen schon ausgefahren und sie kurz vor dem Aufsetzen waren, erfasste sie eine Windböe von links. Da Franz am rechten Fenster saß, konnte er genau sehen, wie der rechte Flügel kurz den Boden leicht touchierte. Das Flugzeug startete unbeschädigt voll durch und nahm Kurs auf O´Hare International Airport, Chicago. In diesen Sekunden der Todesangst ging in Franz der berühmte Kurzfilm seines Lebens durch den Kopf, wobei Cornelia die Hauptrolle spielte. Der Kapitän beruhigte kurze Zeit später routiniert die Passagiere und landete nach einer Stunde souverän in O´Hare, dem größten Flughafen der USA und der Welt. Über 80 Mio. Passagiere werden dort jährlich gezählt. Beim Auschecken las er noch gelangweilt die Werbetafeln für O´Hare: „Impressions: CHICAGO O'HARE INTERNATIONAL provides service to all 50 states and numerous foreign countries via nearly 50 domestic and foreign flag commercial carriers. 2400 flights depart O'Hare daily, servicing 280 major cities. MIDWAY, 10 miles southwest of Chicago's central business district, is the airport of choice for 9.7 million domestic passengers."

***

Er nahm sich erst einmal ein Hotelzimmer auf dem weitläufigen Flughafenareal, um den Jetlag auszuschlafen. Er hatte den Telefonhörer auf seinem

Zimmer in der Hand, um Cornelia anzurufen. Doch er legte ihn unschlüssig wieder hin. Er wusste sowieso nicht, was er Ihr sagen sollte, wenn er ihre Stimme hören würde. So langsam stieg ein Gefühl der Freiheit und Abenteuerlust in ihn auf. Dass er jetzt in Chicago und nicht in New York war, störte ihn wenig.

Sollte er sich von Cornelia scheiden lassen? Eigentlich hatte er keinen Grund dazu. Sie war für ihn immer noch die Traumfrau wie damals bei seiner Liebeserklärung im Sand am Atlantik. Doch er wollte nach dem immer langweiliger werdenden Eheleben einfach mal ausbüchsen und seine Freiheit wie zu Studentenzeiten genießen. Geld hatte er noch genug und die Gold-Mastercard war noch nicht überzogen.

Ausgeschlafen und gut gelaunt frühstückte er um 13 Uhr und trieb sich ein bisschen in der City rum. Eigentlich sehen alle amerikanischen Großstädte gleich aus: Downtown mit den Skyscrapers und dann die weitläufigen nie endenden Suburbs. Nachdem er alles gesehen hatte, überlegte er wie er doch noch nach Big Apple kommen könnte. Per Zug! So stieg er in den Transkontinentalexpress ein und fuhr so gemütlich per Schiene nach NY. Vom Fliegen hatte Franz erst einmal die Schnauze voll, während er noch an seinen netten Nebenmann im Flugzeug dachte.

***

Eigentlich fuhr er ganz gerne mit dem Zug. Früher fuhr er öfters damit. Aber in Zeiten, wo man in sechs Stunden über den Atlantik fliegen konnte, war die Eisenbahn nicht mehr ganz up to date. Der Zug mit dem Namen „Whitehawk" fuhr los und jetzt erst bemerkte er eigentlich, dass er nicht alleine im Abteil war. Franz musterte die Frau gegenüber: Schwarze lange Haare, ungefähr Mitte 20, scheinbar indianischer Abstammung und ein Gesicht wie von Michelangelo modelliert. Die Ohren waren fast elfenhaft, die Nase graziös, die Mundwinkel frech nach oben geschwungen und das dunkle Haar wallend wie eine Woge. Er merkte wie er eine Ausbeulung in der Hose bekam. „Entschuldigen Sie, aber dies ist hier ein Schlafabteil. Sind sie sicher, dass sie hier richtig sind?", fragte er die schöne Unbekannte gegenüber. „Nein, ich glaube ich bin hier völlig richtig. Sie sind mir schon am Bahnsteig aufgefallen, sagte sie im leicht anglo-indianischen Dialekt. Und so dachte ich mir, ich setze mich einfach mal zu ihnen. Nennen sie es weibliche Intuition. Gestatten Sie, dass ich mich vorstelle: Mein Name ist Amandy Lopez. Ich habe in Chicago meine Mutter besucht. Sie ist eine echte Indianerin aus Mexiko müssen Sie wissen! Aber warum erzähle ich Ihnen das? Ich kenne Sie ja gar nicht." „Erzählen Sie ruhig weiter", entgegnete Franz, „ich höre gerne Ihre sanfte Stimme. Ich heiße Franz und wäre gestern fast mit dem Flugzeug abgestürzt." Gedankenverloren setzte er sich neben sie und sie plauschten so eine Weile dahin. Irgendwann stand er auf, um, die Fenstervorhänge zuzuschieben und das Schild „Do not disturb!" vor die Tür zu hängen. Es wurde langsam Nacht. Sie fanden sich immer sympathischer. Als Franz im Gespräch unbewusst Amandys Hand in die Seine nahm, spürte er eine magische Energie die ihn wie eine Flutwelle überrannte. Zuerst kuschelten sie ein bisschen, ohne etwas zu sagen. Dann wurden ihre Umarmungen immer intensiver, drängender. „Nimm mich einfach, Franz", hauchte Amandy und flugs hatte sie seine Zucchini im Mund. Jetzt ging alles ganz schnell. Eine Geste kam zur Anderen. Ruckzuck war das Gummi drauf. Sie küssten sich leidenschaftlich und schließlich vereinigten sich ihre Körper in einen ekstatischen Tumult, immer in der Befürchtung durch den Schaffner entdeckt zu werden. „Ich komme, my Darling", hauchte Franz. Der Fall war klar: Er ist verhext worden! Nachdem sie sich noch lange erschöpft in den Armen lagen, kam in Franz ein Gefühl der Leere und Sinnlosigkeit auf. So einen im Sinne der wahren Liebe und Zuneigung zweckentfremdeten Sex hatte er noch nie in seinem Leben gehabt. Ihm kam es vor, als würde er diesen eigentlichen sehr emotionalen und sinnlichen Akt nur wie ein Tier durchführen, um seine Triebe zu befriedigen. Im Fenster des Zugabteils glaubte er kurz das Gesicht von Cornelia zu sehen und schämte sich. Doch als er wieder in die lächelnden Augen von Amandy blickte, küsste er sie zärtlich und verspielt. Sie zogen sich lachend und scheinbar glücklich wieder an und schliefen dann müde und ausgelaugt im Zugabteil unter dem Rattern der Gleise ein.

***

Als Sie am nächsten Morgen in New York ankamen waren sie sich zwar körperlich, aber menschlich und geistig überhaupt nicht näher gekommen. Amandy und Franz verabschiedeten sich förmlich mit einem Wangenkuss und spürten, dass es nur der optische Reiz und die Situation waren, die sie zusammengeführt hatte. Franz versprach zwar Amandy in selbstsicherer Art, sie bestimmt noch anzurufen, wusste aber, dass er es nie tun würde.

Als er die Rolltreppe im verregneten New York hinauffuhr und die grauen Wände und die kalten Neonreklamen an sich vorbeifahren sah, dachte er abwesend an „Bhagavadgita", dass schönste ja vielleicht einzige wahrhaft philosophische Gedicht, das alle uns bekannten Literaturen auf-zuweisen haben. Als die Rolltreppe zu Ende war wurde er unsanft aus seinem Tagtraum gerissen und bewegte sich durch die riesige Schalterhalle ziellos auf den Ausgang zu. Er fühlte sich abge-stumpft, desillusioniert und planlos. „Soll ich Cor-nelia anrufen und ihr meinen faux-pas beichten? Dass ich reumütig sofort zu ihr zurückkehren werde und wieder ihr geliebter Göttergatte und Vater sein werde? „ sinnierte er. „Nein!", regte sich sein abenteuerliches Naturell in seiner Brust, als er in der U-Bahn Richtung Manhattan saß.

***

Wie verwandelt war die Kulisse , als er an der Sub-waystation im Zentrum von Manhattan ausstieg. Die Sonne schaute hinter den Wolken hervor und verbreitete eine entspannte und heitere Atmos-phäre. Durch die lichtdurchfluteten Straßen-schluchten schien es, als ob unter dem anführenden Getröte und Brummen der Autos entspanntes Gelächter ein leises Piano zu der einzigartigen Melange von Manhattan aus pulsierender Weltstadt und paradiesischer Idylle des Centralparks hinzufügen würde. Schon nach einigen Minuten hatte Franz die bedrückenden Gefühle aus der Fahrt in der U-Bahn vergessen und setzte sich, da er großen Hunger und noch größeren Durst hatte, in ein nettes Lokal unter einer mit schattigen Ahornbäumen umsäumten Nebenstraße. Er bestellte sich einen Mochito und rauchte seine heißgeliebten Gauloises. Der Ober servierte die gewünschte Paella schnell, höflich und zuvorkommend, wie es eigentlich alle Amerikaner sind, die einen Job haben. Doch er wusste, dass es nur eine oberflächliche Freundlichkeit war die nur ihren Selbstzweck diente. Eine ganze Zeitlang beobachtete er gesättigt und zufrieden die vorbeilaufenden Menschen. Da war eine ca. 30-jährige die in beiden Armen Einkaufstüten hielt und höchstwahrscheinlich noch für ihre Kinder kochen und ihren Göttergatten verköstigen musste. Oder der Typ mit Sonnenbrille, schwarzem Hemd und Hose und einen CD-Man im Ohr, der wohl entweder von einer Party oder zu einer Location wippte. Sein Blick fiel den Nachbartisch, an dem ein schlicht aber modisch gekleideter wohl mitzwanziger Mann dunkler Hautfarbe und einem arrogant nach oben geschwungenen Mundwinkel an seinem Martini nippte. Mit offensichtlichen Desinteresse las er in der NY Times und ließ ebenfalls seinen Blick schweifen. Irgendwie hatte Franz ein Deja-vu-Gefühl, als er den Martini-Trinker länger aus den Augenwinkeln betrachtete. „Den habe ich schon mal gesehen, bloß wo?", überlegte Franz angestrengt und trank den Mochito aus. Da stand Jack auf und ging zu seinem Tisch hin und sagte im perfekten Deutsch: „Entschuldigen Sie höflichst die unkomode Störung und Insertion, aber ich gedenke wohl, dass ich Eure Gestalt schon irgendwo gesehen habe. Gestatten, mein Name ist Jack Que und wir haben uns vor Ewigkeiten wohl in Deutschland flüchtig kennengelernt.." Einen Moment lang betrachtete Franz Jack. Das äußere Erscheinungsbild war schlicht und elegant. Er trug eine schwarze Hose, dunkle Schuhe und einen Ledergürtel mit einer silbernen Schnalle. Sein Hemd was unscheinbar pastellfarben, aber man sah, dass es wie das Sakko von einem europäischen Modedesigner war. „Warum meinten sie, dass es ein Deja-vu-Erlebnis war", fragte Franz um die einminütige Stille zu durchbrechen. „Wir alle wissen wohl, dass es zwischen Himmel und Erde Dinge und Ereignisse gibt, die nicht rationell zu erklären sind. Betrachte doch zum Beispiel die wunderbare Kumuluswolke dort oben am Himmel. Bald wird sie mit Regentropfen angefüllt sein, dass es aus ihr regnen wird. Der Regen fällt dann auf die Erde, vereinigt sich zuerst zu einem Rinnsal und schließlich zu einem Bach und Fluss. Dieser Strom von Regentropfen fließt durch das Land und mündet im Meer. Die Kondensation führt dann dazu, dass der ursprüngliche Regentropfen zu Dunst wird, der sich in einer Wolke verdichtet. Und voilá, wir sehen die selbe Kumuluswolke wieder.", beendete Jack seine Ausführungen in das fragende Gesicht von Franz. „Was hat das aber mit meinen Fragen zu ihrem

Déja-vu-Erlebnis zu tun?" insistierte Franz irritiert, während er an seinem Glas nippte.

„Nun, um diese Frage zu beantworten, muss man bereit sein für andere viel wichtigere Fragen des Lebens. Was ist das Wichtigste im Leben? Ist die äußere Umwelt, der Kosmos genauso wie wir ihn mit unseren Sinnen wahrnehmen? Gibt es Gott? Und die wichtigste, ja existenziellste Frage ist: Bringt mir der Kellner noch einen Martini?" lachte Jack und bestellte sich noch Einen.

„Hast du manchmal das Gefühl an einen bestimmten Platz oder in einer bestimmten Situation schon einmal gewesen zu sein? Nenn es Déja-vu, ich nenne es archaische Erinnerungen an frühere Meta- oder Bewußtseinsebenen und Stadien.", erläuterte Jack weiter. „Ich weiß, dass du jetzt mir nicht folgen kannst. Doch lass mich dich in Gedanken an die Hand nehmen und wir machen eine kurze virtuelle Exkursion durch philosophische und existentielle Welten.

Das war z.B. vor langer Zeit ein griechischer Philosoph, der Diogenes hieß. Er war sehr eloquent, zynisch und hatte ein Wissen, wie es in seiner Zeit nur wenige hatten. Alles Materielle war ihm zuwider und er lebte in einem Fass. Der Statthalter wurde neugierig und interessierte sich für diesen Eremiten. Er konnte nicht glauben, dass jemand freiwillig in einem engen Fass leben konnte und wollte ihn aus seiner Reserve locken. So ging er zu ihm hin, stellte einige Fragen und ob seiner Antworten und Sprüche war er zuerst ratlos und schließlich wütend. Zum Schluss lief der Statthalter vor Wut rot an und sagte, er würde ihm jeden Wunsch erfüllen, den Diogenes hegte. Diogenes antwortete auf diese Offerte lapidar, er habe nur einen Wunsch: Er möge doch einen Schritt zur Seite weichen, weil er ihm das Sonnenlicht verstellen würde. Kannst du verstehen Franz, warum Diogenes so war?" fragte Jack. Franz überlegte und wusste keine prompte Antwort, während Jack hintergründig lächelte. „Oder nehmen wir zum Beispiel einen Mann aus dem Mittelalter, Franziskus von Assisi, er war der Sohn eines reichen Kaufmanns und lebte in Saus und Braus. Durch ein einschneidendes Schlüsselerlebnis änderte er sein Leben grundlegend und wurde ein anderer Mensch. Er schenkte alle Besitztümer den Armen und lebte zu Beginn allein in der Natur, wo er seine Liebe zu Gott, der Flora und Fauna entdeckte. Dadurch vertiefte er seine Liebe zu Gott, es war am Anfang eine einfache, naive, ja fast kindliche Liebe. Bald schlossen sich ihm Menschen an, die er begeistern konnte. Kannst du dir vorstellen, warum Franziskus von Assisi so lebte?". Und wieder musste Franz überlegen.

„Nehmen wir zum Schluss Sartre. Als streng katholisch erzogener junger Mann, der den Katechismus in und auswendig kannte, begann er allmählich die Grundfeste seiner Erziehung und Religion zu hinterfragen. Ist es z.B. nötig, zur Beichte zu gehen und all seine Sünden einer Unbekannten Person zu beichten und eine scheinbare Absolution zu erlangen? Ist es wirklich richtig, immer sich bei all seinen Taten und Werken von einem immanenten Wesen überprüft zu fühlen? Ist der Geist und die Seele nicht so frei, dass es ohne eine permanente oberste Instanz existieren kann?"

„Du siehst, Franz, dass es tatsächlich Dinge zwischen Himmel und Erde gibt, die nicht fassbar sind und doch vorhanden sind." Jack winkte dem Kellner zu und zahlte, während Franz an seiner Zigarette nippte und schwieg. „ We will see us again" sagte Jack , schüttelte ihm die Hand und verschwand schnell im Straßengewühl von New York.

***

Lange saß Franz noch im Cafe und versuchte zu verstehen, was Jack ihm zu vermitteln versucht hatte. Warum ist es so interessant den Kreislauf eines Regentropfens zu wissen? Und was hat es mit Diogenes, Franziskus von Assisi und Sartre auf sich? Er beschloss auf der Stelle in eine Bibliothek zu gehen und sich über diese Persönlichkeiten zu informieren. Den gesamten Nachmittag verbrachte er in der Bibliothek und wurde dort fast eingeschlossen, weil er die Schließungszeit vergaß. Gut, Diogenes war ein griechischer Philosoph, Franziskus war ein christlicher Märtyrer und Sartre ein französischer Existentialist. Doch was haben alle Drei gemeinsam? Er war ratlos und ging in sein vorreserviertes Hotel in Manhattan.
Am nächsten Morgen um 9 Uhr erwachte er verwirrt von seinen nächtlichen Träumen, die sich zufälligerweise um Diogenes, Franziskus und Sartre gedreht hatten. Er duschte, rasierte sich und fand erst dann einen unscheinbaren Zettel, den ihn wohl ein Hotelangestellter unter der Tür geschoben hatte. Auf diesem stand:

DU BIST EINGELADEN ZU EINEM BRUNCH IN DER LEISURE LODGE

JACK

„Woher hat der Kerl bloß mein Hotel gewusst", dachte Franz als er sich anzog. Er bezahlte mit der Kreditkarte seine Hotelrechnung und stieg dann in ein Taxi. „Please to the Leisure Lodge", sagte in einem einwandfreien Massachusetts-Slang zum Taxifahrer. „Oh, a very good address, Sir", antwortete der scheinbar aus Mexiko stammende Fahrer. Sie fuhren ziemlich lange. Die Fahrt ging vorbei an der „University of New York" auf die Eighth Avenue ,am Central Park entlang auf die Fifth Avenue, dann sah man linkerhand das Guggenheim-Museum. Schließlich bogen sie ab und Franz stieg nach dem Bezahlen aus. Das Leisure Lodge war ein viktorianischer Bau und schien früher eine Villa gewesen zu sein. Doch jetzt war es ein Restaurant mit einem gewissen Extra, wie Franz feststellte als er um ca. 11 Uhr hineinging. Ein Kellner empfing ihn gleich am Eingangsportal und fragte, ob er Mr. Franz Milker sei. Als er stumm nickte, wurde er zu einem mit reichlich Speisen und sonstigen Brunchutensilien gedeckten Tisch geführt, an dem Jack Que saß. Er setzte sich hinzu und sie begannen, ohne ein Wort zu wechseln, mit dem Brunch. Franz hatte 100 Fragen auf den Lippen, doch er wollte Jack nicht die Genugtuung geben ihn mit bohrenden Fragen zu löchern. Nachdem sie so vor sich hin speisten durchbrach der Unbekannte die Stille, die nur durch das Geräusch der Bestecke unterbrochen wurde. „ Du möchtest bestimmt wissen, wie ich deine Hoteladresse gefunden habe. Oder warum ich dich zu einem Brunch eingeladen habe, Franz?" „Ja natürlich, aber ich hatte zuerst Hunger", log Franz und merkte sofort, dass Jack ihn durchschaut hatte. „ Lass es mich erklären. Als ich dich gestern ziellos durch die Straßen von New York gehen sah, merkte ich sofort, dass du nicht ein gewöhnlicher Tourist oder Geschäftsmann bist. Ich ließ dich durch einen Angestellten von mir observieren und war mir nach seinem Rapport ziemlich sicher, dass du der richtige Mann bist." „Oh Gott, eine Schwuchtel", dachte Franz mit Entsetzen. „Nein, nein, nicht was du denkst. Lass mich weiterreden. Als wir uns so im Café gestern unterhielten, hatte ich auf der einen Seite Mitleid, aber auf der anderen Seite auch Bewunderung für dich empfunden. Mitleid, weil du scheinbar ziellos durch New York ziehst und Bewunderung, weil ich mich mit dir so lange und intensiv über philosophische Themen unterhalten konnte. Das kann nicht jeder. Und vor allem nicht mit so einem Interesse und Eifer wie du ihn gezeigt hast . Denn Eins ist rar geworden auf dieser kleinen Welt, Menschen, die über ihren begrenzten Tellerrand hinausschauen können und sich für die existentiell wichtigen Dinge dieser Welt interessieren. Wie du schon festgestellt hast, bin ich nicht ganz unbemittelt. Und schau auf meinen Ringfinger, ich bin glücklich verheiratet und habe zwei süße Kinder. Aber mir fehlen in meinem goldenen Käfig dialogfähige Diskussionspartner. Wie wär's, wenn wir mit meiner Cessna zu meiner Familie nach Key West fliegen?" Franz kaute noch an seinen Scampis und überlegte heftig. „Soll ich mitfliegen und vielleicht in einen karibischen Männerharem landen oder meint er es ernst? Und was ist bloß mit meiner geliebten Cornelia. Ich glaube ich vermisse sie doch. Gut, wir haben uns zwar in letzter Zeit ein wenig entfremdet, aber im Grunde will ich doch zu ihr wieder zurück", dachte Franz. Er legte seinen Teller zur Seite, zündete sich eine Zigarette an und antwortete Jack: „ Hört sich ja interessant an, in Ordnung ich fliege mit. Aber nur unter einer Bedingung. Du lässt meine Frau aus Paris nach-fliegen, nachdem ich mit ihr geredet habe." „Kein Problem, ich lasse ihr per Kurier die Tickets brin-gen und sie ist innerhalb 24 Stunden in Key West. Hier, du kannst mein Handy benutzen für dein Telefonat."

***

Cornelia war in ihrem Antiquitätengeschäft, als das Telefon klingelte. Klar war sie ziemlich über-rascht gewesen, als ihr Pierre erzählt hatte, dass Franz scheinbar zu wichtigen geschäftlichen Ter-minen nach New York geflogen war. Sie wusste aber genau, dass dies unmöglich der Fall sein konnte. Erstens ist Franz kein Geschäftsmann und zweitens würde er es mir vorher sagen, wenn er einen Business-Termin in New York hätte. Würde er doch? Dieser Schuft, dachte sie, lässt mich hier einfach mit meinem Kind und meinem Geschäft hier in Paris sitzen. Na warte, der soll sich bei mir mal melden. Denn werde ich was erzählen. Wie stellt denn der Herr sich das einfach so vor? Gut, wir hatten in letzter Zeit Differenzen, ist es aber gleich ein Grund einfach zu türmen?

In dieser Stimmung ging sie ihren täglichen Rhythmus nach, der bedeutete: aufstehen, ihren Sohn Francois zur Pflegemutter Marie fahren, im Antiquitätengeschäft acht Stunden arbeiten, einkaufen, Francois abholen und müde ins Appartement fallen

Sie war ziemlich erschöpft, weil sie stundenlang eine nervige Kundin über Plastiken aus der Belle Epoque beraten hatte und dann doch nichts verkauft hatte, als das Telefon klingelte. Sie hob ab und meldete sich wie üblich: „ Oui, Milker", als sie nach einer Woche wieder die Stimme von Franz hörte. In ihr kochten alle Gefühle hoch, die sie die ganze Woche mit sich herumgetragen hatte: Wut, Enttäuschung aber auch Sehnsucht und Liebe zu ihrem Ehemann. „Hallo Cornelia, lass mich bitte mal eine Minute reden und alles erklären." stotterte Franz in die Ohrmuschel, während er hörte wie ein Dauerton in sein Ohr stieg. „Oh Gott, warum habe ich nur aufgelegt, ich blöde Ziege", schrie Cornelia in die entsetzten Augen eines befremdeten Besuchers des Antiquitätengeschäfts. „Bitte, lieber Gott, wenn es dich gibt, lass ihn noch einmal anrufen.", flehte sie und nestelte an ihrem Kleid herum.

„Sie hat doch wohl nicht aufgelegt?" fragte ernsthaft besorgt Jack als Franz die Telefonnummer nach Frankreich noch einmal wählte. „Ja, aber ich denke sie war nur erschrocken, dass sie meine Stimme hörte" antwortete Franz mit blassem Gesicht und Schweiß auf seiner Stirn. Tausend Gedanken schossen ihn durch den Kopf während er hörte, wie die Leitung nach Europa freigeschalten wurde. Es klingelte. Dreimal. Dann hob Cornelia ab. „ Franz, mon cher. Wo warst du bloß so lange. Ich habe dich vermisst.", hauchte sie ins Telefon. „Cornelia, ich muss dir einiges erklären. Ich habe mich völlig idiotisch verhalten. Wie konnte ich dich nur mit meinem geliebten Francois verlassen? Kannst du mir noch vertrauen? Am Telefon kann ich dir es nicht erklären. Ich will in deine wunderbaren blauen Augen sehen wenn ich mit dir rede. Du, um es kurz zu machen, in einigen Stunden wird ein Kurier zu dir kommen und dir Flugtickets nach Key West über Miami bringen. Francois ist noch zu klein für die Reise, bringe ihn zu Marie, dort ist er gut aufgehoben und fliege hin. Vertraue mir, ich liebe dich, Cornelia. Den Rest erzähle ich Dir, wenn wir uns in den Armen halten." „Oui, ich liebe dich auch, aber warum warst du lange weg ohne mir Bescheid zu sagen?" hauchte Cornelia mit Tränen in den Augen und redete weiter. „ Das Leben ist kurz und ich bin in 24 Stunden bei Dir. Mich interessiert es nicht wie du es dir leisten kannst, mir ein Ticket nach Key West zu schicken oder warum ich überhaupt dorthin fliegen soll. Aber du bist mein angetrauter Ehemann ich will zu Dir." „Oh Cornelia, you are right", sagte Franz zum Abschied und wischte sich auch eine Träne aus dem Augenwinkel als er auflegte.

***

Jack nahm die Hand von Franz und sagte: „ ich freue mich, dass ihr euch wirklich liebt. Wahre Liebe zeigt sich nur in Krisen und Ausnahmesituationen. Ich bin immer sehr berührt, wenn ich merke wie zwei Liebenden sich im Sinne der wahren verschlingenden Zweisamkeit gefunden haben. Es ist doch so zwischen euch?" „ Lass uns darüber später reden, wenn ich entspannter bin", antwortete Franz. „In Ordnung, lass uns doch in mein Auto steigen und zum Flugplatz fahren. Wir werden lange in der Luft sein. Dann werde ich dir auch erklären was die drei Personen aus unserem gestrigen Gespräch gemeinsam haben." „Da bin ich mächtig gespannt", sprach Franz und rief auf dem Handy in seinem Hotel an, um seinen Koffer zum Airport fahren zu lassen.

Sie stiegen in die 8-sitzige Cessna und Jack flog sicher und souverän in die Nachmittagssonne von New York. „Der Weg ist das Ziel.", sagte Jack, während er seine Kopfhörer abnahm und den Autopiloten anschaltete. „Damit meine ich nicht unseren Flug, sondern meine Absicht, dass du dich mit Philosophie im Allgemeinen beschäftigst. Ich hätte Dir auch zehn andere Philosophen nennen können. Primär war es wichtig, dass du dich mit verschiedenen Denkrichtungen und Anschauungen befasst. Alle Drei haben gemeinsam, dass sie über ihr Leben nachdachten und an Ideale und Wertvorstellungen glaubten, die ihrer Meinung nach richtig waren. Die Quintessenz ist, dass es sehr viele Wahrheiten gibt. Diejenigen, die glauben, dass ihre Weltanschauung die einzig wahre und richtige ist, haben schon viel Unheil über die Menschheit gebracht. Toleranz ist sehr wichtig. Schau, die antiken Vorsokratiker, zu denen Diogenes zählte, hatten für ihre philosophischen Studien nur die Natur um sich. Aus den Abläufen der

Natur, wie den Sonnenaufgang, das Verhalten der Tiere und Menschen, die Gestirne usw. konstruierten sie sich ihr Weltbild. Und das Faszinierende daran ist, dass viele Dinge und Feststellungen heute noch ihre Gültigkeit haben. Die frühchristlichen Märtyrer und Heiligen versuchten durch die Suche nach Gott und der Wahrheit ihre Glückseligkeit zu erreichen. Doch reduzierten sie ihre Sinnsuche auf rein christliche Attribute und begründeten so ungewollt eine Einstellung, die Jahrhunderte später viel Leid und Elend brachte. Die modernen Philosophen hatten es da einfacher. Technik und Wissenschaft hatte praktisch fast alle Geheimnisse der Natur, sowohl des Mikro- als auch des Makrokosmos erforscht und so mussten keine galiläischen Prozesse mehr geführt werden. Doch in der modernen Philosophie zeigt sich immer mehr eine Ratlosigkeit und Sättigung, die ihren Ausdruck in der Hinwendung vieler Menschen zu althergebrachten Weltanschauungen und Religionen findet. Dass der Buddhismus immer mehr Zuspruch in der westlichen Hemisphäre findet, ist ein Zeichen für die Suche Vieler nach dem wahren Glauben, der die absolute und einzige Wahrheit verkörpert. Dabei, lieber Freund, hat inzwischen ein wahrer Buddhist mehr Mitleid mit einem erfolgreichen und scheinbar glücklichen Menschen, als mit einem armen und unglücklichen...

Die Freudsche Tiefenpsychologie mit ihrem Ich, Überich und Es war der Beginn, die letzten Abgründe der menschlichen Existenz zu erforschen, die Jung und andere noch verfeinerten. Doch die Möglichkeit, nun jetzt jeden Affekt und jede Verhaltensweise rationell erklären zu können hat ehrlicherweise uns menschlichen Individuen wenig gebracht. Gut, wir können jetzt jede menschliche Regung genau erklären, aber für die Vervollkommnung eines wahren Suchenden ist die Psychoanalyse nur störend. Oder willst du dir genau erklären können, warum deine Ehefrau genauso und nicht anders in einem bestimmten Moment reagiert. Warum sie lächelt, warum sie weint, warum sie dich liebt? Natürlich ist es möglich. Sollten wir aber bestimmte Sachen nicht lieber im unklaren lassen? Denn im Sinne eines wahren Romantikers sind andere Dinge wichtiger. Ihm ist es eine Herzensangelegenheit, die Dame seiner Verehrung seine volle Aufmerksamkeit und Verehrung entgegenzubringen. Ist sie glücklich, ist er auch glücklich. Mit ihr den Regenbogen zu sehen, mit ihr die Glückseligkeit zu genießen ist für ihn das Höchste. IM EINKLANG MIT DER NATUR ZU LEBEN ist das eigentliche Ziel. Diesen Lebenssatz kann man auf alle Lebensbereiche anwenden. Den die Natur ist mehr als die Pflanzen- und Tierwelt. Damit sind auch der Kosmos, das Sein und die unsichtbaren Dinge gemeint. Denke über diesen Satz nach, Franz, im Einklang mit der Natur zu leben. Doch vergesse nie, es gibt viele Wahrheiten, nur jeder sollte die richtige für sich finden und Tolerant gegenüber Anderen sein.

Auch der Koran oder die Tora, die rote Fibel von Mao oder das grüne Buch von Ghadafi, die Bibel natürlich oder die Weisen des Hindus haben ihre Richtigkeit und Wahrheit. Doch wie soll man die richtige Botschaft erkennen? Diesen Weg zu beschreiben, ist schwer. Erkunde alle Quellen, möglichst in ihrer ursprünglichen Sprache, studiere alle Wissenschaften, die Physik, die Chemie, die Biologie, die Psychologie, die Astronomie aber auch die Soziologie, die Literatur ‚die Philosophie und sonstigen Lehren die mit „-sophie" enden. Je mehr du lernst und erkennst, desto mehr wirst du feststellen: Ich weiß, dass ich nichts weiß. Verzweifele nicht an dieser Tatsache. Schon ganz andere vor dir sind zu dieser Einsicht gelangt. Betrübe nicht deine Seele durch die Feststellung, dass unser Universum laut Hawking sich ausdehnt und in ein paar Milliarden Jahren wieder in sich zusammenfallen wird oder ‚wenn zuwenig Materie vorhanden ist, sich unendlich ausdehnen wird. Sei nicht betrübt, dass die Sonne irgendwann zu einem kalten Klumpen Materie schrumpfen wird und unsere Erde dann schon lange nicht mehr existieren wird. Was hat das schon für eine Bedeutung, wenn du in die Augen deiner Angebeteten schauen kannst? Lass dich nicht davon ablenken, dass die menschliche DNS im Human Genom Projekt bald entschlüsselt sein wird. Was zählt das schon, wenn du die Sommersprossen auf dem Körper deiner Frau zählen kannst? Welchen Nutzen hast du von der Erkenntnis, wenn du weißt, dass das Auge bis zu 5000 Farbnuancen unterscheiden kann, wenn du in die Augen deiner Herzdame schaust? Alles wissen der Welt ist Subjektiv und Relativ. Denn nur die Subjektivität ist Objektiv. Was nützt dir alles Wissen der Welt über die Atome, die Relativitätstheorie, die Quantentheorie, wenn du deine Liebste umarmst und ihr euch liebt? Sei ein Suchender, sei offen für alles

Neue, aber bewahre dir im Herzen deine Ideale. Schaue Dir zum Beispiel diese Wolke da vorne an. Ist die Natur nicht unfassbar? Wenn Gott sie geschaffen hat, muss sie wunderbar sein. Doch was ist, wenn es keinen Gott gibt? Wenn wir nur ein Haufen alberner Menschen sind, die einfach nur herumlaufen ohne Sinn und Verstand? Wozu dann weiterleben? Dann kann man gleich Selbstmord begehen. Doch wir wollen ja nicht gleich hysterisch werden. Ich würde mich ungern erschießen, um dann später in der Zeitung zu lesen, da sie oben doch was gefunden haben. „

„Lass uns doch in die Tiefe gehen", sprach Franz interessiert. „ Lass uns von der Hypothese ausgehen, dass es keinen Gott gibt. Was hindert dich dann daran Jemand zu erschießen? Moral ist Subjektiv. Und wie du richtig bemerkt hast, ist Subjektivität Objektiv. Nicht in einem irrationalen Begriffsschema. Doch Begriffe sind rational und implizieren Gefahr. Nenn mir doch ein System, bei dem eine Prioritätsrelation von Phänomenen existiert und die allen metaphysischen oder episkopischen Widersprüchen in einem abstrakten Konzept entsprechen, wie zum Beispiel seiend oder sein, wie zum Beispiel von der Sache selbst kommend oder von der Sache selbst. In diesem Tenor erläuterten beide noch stundenlang die weltphilosophische Großwetterlage.

Cornelia saß im Flugzeug Richtung Key West und dachte an Franz. Warum bin ich bloß ins Flugzeug gestiegen? Warum habe ich ihn nicht eine Abfuhr erteilt? Tja, dass muss wahre Liebe sein, seufzte sie. Aus dem Fenster sah sie die anbrausenden

Wellen vor Miami, wie sie sich am Strand brachen und mit einer Schaumkrone anbrandeten. Lange sah sie noch den Möwen nach, wie sie über dem Meer lustvoll miteinander um ein Stück Fisch balgten. „Ladies and Gentlemen, we are now approaching the airport of Key West. Fasten your seat belts and stop smoking please", hörte Cornelia die Durchsage, als sie sich immer noch nicht über ihre Gefühle zu Franz sicher war. In dieser Stimmung landete sie und war sich plötzlich ihrer weiblichen Intuition sicher. Klar, er hat mich schmählich in Stich gelassen, klar er hat mich und meinen Sohn verlassen. Doch im Grunde seines Herzens ist er ein guter Mann. Ich gebe ihn noch einmal eine Chance.

Am Flugplatz erwartete sie bereits eine noble Limousine, die schon bereitstand um sie zur Ferienvilla von Jack und seiner Familie zu chauffieren. Das Wetter war für den Monat August ziemlich heiß und die karibischen Sonnenstrahlen brannten auf ihre mit Sommersprossen bedeckte Haut, die sich nach den zärtlichen Berührungen von Franz sehnte. Lange hatten sie sich nicht mehr berührt, sich liebkost, ihre Körper zärtlich und verlangend aneinander gepresst. Ja, als Frau vermisst man solche Streicheleinheiten. Das zärtliche füreinander da sein in trauter Zweisamkeit. Auch wollte sie endlich wieder in die blauen Augen von Franz blicken. „Ich bin nun mal eine Frau, die ihre Sehnsucht, ihre Liebe und ihr Verlangen spürt", dachte Cornelia.

Nervös, saß Franz mit Jack in der sehr luxuriös eingerichteten Villa. Es war ein ganz in weiß gehaltenes maurisches Wohnareal mit paradiesischen Gärten, einem nierenförmigen Swimmingpool mit obligater Poolbar, mit einem Garten, der dem Garten Eden nur in wenig nachstand. Kurz gesagt, es war das Nonplusultra was in Key West möglich war. Der Bentley fuhr vor die Einfahrt der Villa und der Chauffeur öffnete die Wagentür. Cornelia stieg aus und mit ihrem schwarzen Kleid und der Joop-Sonnenbrille sah sie wirklich umwerfend aus. Als Franz sie entgegenlaufen sah, kamen ihr sofort die Erinnerungen an den Sonnenuntergang an der französischen Küste in den Sinn. Ohne ein Wort zu wechseln umarmten sie sich lange und über das Gesicht von Jack huschte ein Lächeln als er an seinem unvermeidlichen Martini nippte. Sie küssten sich und Franz erklärte ihr lange warum er nach New York und schließlich nach Key West von den Wogen des Lebens gespült wurde. Geduldig beantwortete er alle noch so kritischen und bohrenden Fragen Cornelias und so standen sie wohl eine Stunde in der Toreinfahrt und vergaßen völlig die Umgebung. Hand in Hand gingen sie schließlich wieder vereint zur Villa hoch. Während Cornelia sich frischmachen ging, setzte Franz sich wieder an den mit Palmen gesäumten Swimmingpool zu Jack und sie setzten ihren philosophischen Dialog, den sie in der Cessna geführt hatten, mit Emphasie fort.

Jack legte eine CD mit meditativer Naturmusik auf und sprach: „Glaube nicht an alles was du siehst, hörst, fühlst oder mit deinen sonstigen Sinnen aufnimmst. Denn das sind nur höchst subjektive und einseitige Wahrnehmungen der Umwelt wie sie tatsächlich existiert. Schaue dir zum Beispiel diesen wunderschönen roten Schmetterling an, der an der Blume Nektar trinkt. Die Farbe Rot ist im Prinzip nur eine Lichtwelle, die unser Auge und Gehirn als Rot wahrnimmt. Im Grunde können nur wir menschliche Individuen diese Farbe sehen. Für andere Tiere erscheint diese Farbe sicherlich nicht so wie sie es für uns erscheint. Oder nehme doch diesen Stein in die Hand. Erscheint er dir schwer oder leicht? Auf einen anderen Planeten wie dem Mars würde er dir ungleich leichter oder schwerer vorkommen, weil dort eine andere Schwerkraft herrscht. Ein griechischer Philosoph verglich die Wahrnehmung unserer Umwelt folgendermaßen: Wir Menschen sitzen in einer mit Fackeln beleuchteten Höhle und sehen die Umwelteindrücke nur als Schatten auf der Wand. Durch den Höhleneingang können wir die tatsächlichen, klaren und reinen Eindrücke nur indirekt als Schattenbilder erkennen. Alles was wir so scheinbar sicher und unfehlbar durch unsere Sinnesorgane wahrnehmen ist relativ und subjektiv.". „Du hast mir jetzt ziemlich viel über deine Geisteswelt erzählt. Doch eines musst du mir bitte erklären. Wenn du schon so ein vergeistigter und über allen Dingen stehender Philosoph bist, warum lebst du dann nicht standesgemäß in einer Regentonne wie Diogenes oder doch wenigstens in einer Favella am Rand von Miami und hast allen weltlichen Dingen entsagt?", fragte Franz kritisch. „ Ich sehe da keinen Widerspruch", erläuterte Jack, „warum soll man nicht clever sein auf dieser Welt und trotzdem versuchen den wirklich immanenten und wichtigen Fragen des Seins zu ergründen? Nenn mich einen Calvinisten oder sonst noch einen –isten, Business ist Business und Philosophie ist Philosophie."

Erstaunt und ein wenig entsetzt schaute Franz zu Jack als er sich eine Gauloise anzündete. „Aha, ein Feierabendphilosoph, der ein schönes Steckenpferd hat", dachte Franz. „Franz, du darfst es aber nicht missverstehen. Du weißt ja gar nicht mit was ich mein Geld verdiene.."

„Da bin ich jetzt aber mächtig gespannt. Nein, lass mich raten. Du bist ein Investment-Manager bei einer Bank oder so etwas, der es sich gerade leisten kann auf Key West ein bescheidenes Anwesen zu haben abgesehen von den sonstigen Annehmlichkeiten des Lebens wie mein Auto, meine Yacht und mein Privatflugzeug. Ich verstehe."

Jack lehnte sich süffisant in seinen Stuhl auf der sonnenbeschienenen Terrasse zurück und konnte sich ein Lächeln nicht verkneifen. „Nein es ist was anderes. Klar, verdiene ich einiges an Geld und leiste mir auch was dafür. Aber durch meine Arbeit habe ich schon viele Menschen glücklich gemacht. Jede Woche erhalte ich viele Briefe, Anrufe und E-Mails von Leuten, die durch mich glücklicher im Leben geworden sind. Die Idee zu meinem Job hatte ich, als ich mir nach einer durchgefeierten Nacht mit viel Zigaretten und noch mehr Halsweh vornahm, das Rauchen abzugewöhnen. Ich konnte es mir nicht vorstellen, dass es bei mir klappen würde. Doch mit meiner

Methode hat es ziemlich einfach geklappt und ich bin seitdem ein glücklicher Nichtraucher. Warum sollte ich nicht, dachte ich mir in meinem jugendlichen Leichtsinn, mit meiner Methode auch andere Leute zum Nichtrauchen bringen? Und ist aus einer kleinen Idee eine immer größere geworden. Zuerst hielt ich nur kleinere Seminare und Kurse ab. Nach ein paar Monaten schrieb ich ein Buch über das Nichtrauchen und nach ein paar Jahren leite ich nun in den USA die größte Beratungsfirma zur Raucherentwöhnung mit Dependancen und Kursen in allen größeren Städten. Ja wir haben so ungefähr 500 Mitarbeiter und täglich werden viele Leute von ihrer Nikotinsucht durch mich geheilt. Du siehst, man kann auch mit Gutem eine Menge Geld machen.".

„Und wie sieht deine tolle Methode nun aus?", fragte Franz neugierig. „Verrate es nicht weiter, es ist ein Geschäftsgeheimnis. Die Methode ist nichts weiter als mit dem Rauchen sofort aufzuhören und sich danach glücklicher und befreiter zu fühlen. Es ist kein großes Geheimnis daran. Man muss es den Leuten nur vermitteln und sie bei ihrem Weg begleiten. Der Nikotinentzug an sich ist nicht so schlimm. Das Rauchen ist im Grunde eine Kopfsache. Im Laufe eines Raucherlebens entwickelt man Belohnungsmechanismen, wie z.B. nach dem Essen oder nach dem Sex eine Kippe zu rauchen. Viele Raucher behaupten, sie seien Raucher aus Genuss. Dies ist natürlich eine Selbsttäuschung. Schau dir diese Genussraucher am Morgen an, wie sie gierig an ihrer ersten Zigarette vor dem Frühstück ziehen, sehen so Genießer aus? Nein, ich mache die Leute natürlich nicht durch pures Handauflegen zu Nichtrauchern. Der Antrieb muss von innen kommen. Viele behaupten von sich selbst, der schlimmste Raucher der Welt zu sein und unmöglichst mit dem Rauchen aufhören zu können. Die Meisten fühlen sich schon Tage nach dem Nikotinstopp wie neugeboren. Ich vermittele durch Kurse, Bücher oder Gespräche den Leuten Strategien und Tipps, um ein Leben lang ohne Zigaretten zu leben. Denn bedenke eins, Nikotin ist genauso schlimm wie Alkohol, Kokain oder Heroin. Eine Kippe reicht, um wieder in den Teufelskreis zu gelangen. Du siehst, ich tue gutes und lebe davon prächtig. Ist solches Verhalten verwerflich?"

„Natürlich nicht, mein Freund", entgegnete Franz und schaute zur malerisch angelegten Dachterrasse. Er sah wie Cornelia zu ihm winkte. „Huhu Franz, es ist traumhaft hier. Hast du schon mit Bridget gesprochen. Sie ist wirklich sehr nett.". Jack erklärte: „Ach ja Bridget meine Frau, wir haben uns in Hawaii kennengelernt sie ist eine faszinierende Melange aus Asien und Südamerika, genauer gesagt ist ihr Vater aus Venezuela und ihre Mutter ist aus Indien. Bei einer Theateraufführung sahen wir uns das erste Mal und seit diesem Tag können wir nicht voneinander lassen. Das Faszinierendste an Bridget ist, dass ihre Augenfarbe sich je nach Stimmungslage von grün nach blau wandelt. Wenn du also in ihre Augen schaust, kannst du genau sehen wie sie sich fühlt. Ein Phänomen."

Cornelia lief mit Bridget durch die vielen Zimmer der maurischen Villa und unterhielt sich mit ihr über alles Mögliche. So frei und unbefangen hatte sie sich lange nicht mit einem Menschen unterhalten können. Sie setzten sich in den Salon, der ganz in grün gehalten war und kamen nach einer ganzen Weile auf das Thema Männer. „Also bei mir ist es so.", begann Bridget ein wenig zögerlich. „ Früher konnten mir die Männer nicht ausgeflippt oder abgefahren genug sein. Wenn einer nur ein wenig auf seinem Saxophon spielen konnte und noch lange Haare hatte, hatte er schon gewonnen. Dann war da noch der coole Gitarrist einer Rockgruppe mit dem Namen „Crazy Stones", wirklich ein Prachtexemplar an Egozentrik und Narzissmus. Es war eine wirkliche Freude seine Eitelkeiten und seine ab und zu vorkommenden Exzesse mit seinen Groupies zu tolerieren. Aber er konnte doch so gut Gitarre spielen und wenn er mich dann liebevoll in seine Arme nahm hatte ich ihm alles vergeben. Doch mit der Zeit wurden bei Männern andere Werte wichtiger..."

„Da hast du völlig recht, Bridget", antwortete Cornelia. „Bei Franz hatte ich von Anfang an das Gefühl, that he is the right man. Nenn es weibliche Intuition oder Instinkt. Nachdem wir uns bei einer Geburtstagsparty bei seinem Kumpel Cedric gesehen hatten, war ich mit sicher, dass ich mit ihm alt werden möchte. Kannst du das verstehen, Bridget?"

„Naturallement, aber manchmal können Instinkte trügen. Und wenn mich ein Mann mit meinem Kind verlassen würde, nur um ein bisschen in der Weltgeschichte zu sich selbst zu finden, würde ich ihm den Laufpass geben. Lass uns doch von unseren Männern ein wenig erholen und wir fliegen ein bisschen mit dem Privatjet nach Barbados. Nicklas, unserem Piloten, wird es bestimmt eine große Freude sein zwei Damen von ihren Ehemännern zu entführen." lächelte Bridget in das Gesicht von Cornelia.

So stiegen Cornelia und Bridget gutgelaunt in die Cessna ein und Nicklas bekam schnell die Starterlaubnis vom Tower. Die zehnminütige Wartezeit bis zum Start verkürzte eine junge Dame namens Lucy, die man im weiteren Sinne auch als Stewardess bezeichnen konnte, indem sie hervorragende Caipirovskas für alle außer dem Piloten mixte. Als Gegenleistung für den entgangenen Cocktail musste Lucy während des ganzen dreistündigen Fluges dafür sorgen, dass die Lieblingsmusik von Nicklas, nämlich Salsa, an Bord gespielt wird. So ging es beschwingt durch die Musik und die Cocktails in den weiß-blauen karibischen Himmel Richtung Barbados. Während Nicklas versuchte, trotz rhythmischen Schunkeln zur Salsamusik, die Maschine einigermaßen zu halten, kam es im Passagierraum immer mehr zu einer vorgezogenen karibischen Karnevalsparty. Bridget tanzte nach dem fünften Caipirovska mit Lucy lachend einen engen Tango, der aber hervorragend noch in den Salsarhythmus passte. Cornelia setzte sich zu Nicklas in das Cockpit und versorgte ihn mit Mineralwasser und den neuesten Woody-Allan-Witzen, die Nicklas so komisch fand, dass die Maschine fast abschmierte. Dieses Manöver bewirkte, dass Bridget und Lucy in einen

Sitz gedrückt wurden und so einen Knoten mit ihren Armen und Beinen bildeten. Kichernd versuchten sie sich zu befreien aber Nicklas schien scheinbar über einige weitere Witze noch zu lachen, so dass sie immer wieder laut lachend im Sitz landeten. Bridget war die körperliche Nähe zu Lucy nicht unangenehm. Im Gegenteil, sie konnte spüren wie sich ihre Brustwarzen leicht erregt versteiften. Bisher hatte sie dieses Gefühl nur bei Männern gehabt, aber als sie nun Lucys jungen und drallen Körper spürte wurde ihr ganz anders. „Mensch, ich trinke nie wieder dieses Pirovskazeug, ich glaube es macht lesbisch", dachte sich Bridget. Im Cockpit kehrte wieder Ruhe ein und Cornelia führte trotz Alkoholbeneblung eine lange und fruchtbare Konversation mit Nicklas über Baseball, Voodoo, El Nino und die steigenden Caipirinhapreise. Wobei die Themen ihrer Wichtigkeit nach besprochen wurden. So landeten sie nach fünf Stunden auf Barbados leicht verspätet, weil Nicklas im Salsatakt eines Südamerikaners zuerst Antigua angesteuert hatte. „Misses, Antigua auch schön seien", entgegnete Nicklas auf den vorwurfsvollen Blick von Cornelia verschmilzt lächelnd. Die Landung war natürlich entsprechend hart aber heftig und nur durch ein professionelles Manöver konnte Nicklas verhindern, dass sie einige Saltos drehten und dass die Flughafenfeuerwehr zur Rettung ausrücken musste. Begeistert klatschten die drei Damen nach der gelungenen Landung mit Schweiß auf der Stirn Beifall und Bridget lud alle per Durchsage auf dem Bordfunk zum Umtrunk in einen Privatclub an der Südküste ein...

Irgendwie bekamen sie es noch geregelt ein Taxi direkt an die Tür der Cessna zu bestellen und so ging es beschwingt zum Club „Dionyssos", der wirklich traumhaft in die karibische Landschaft integriert war. Die Apartments waren in einer harmonischen Landschaft eingebetet und im Club liefen alle Tiere frei umher, die man in der Karibik so treffen konnte. Ein künstlicher Wasserfall begrüßte sie am Eingang und Bridget regelte mit ein paar Sätzen das Formale. So ging es gleich strandwärts zum Dinner. Auf persönlichen Wunsch bekamen Bridget, Cornelia, Lucy und Nicklas einen mit weißem Tischtuch bedeckten Tisch am Strand gestellt. Der Mond schien inzwischen auf das Quartett, während die typischen Frutti di Mare serviert wurden und leise im Hintergrund romantische Klaviermusik gespielt wurde. Auf persönlichen Wunsch von Nicklas, der die Damen an Caipirovskas längst eingeholt hatte, wurde dann doch heißer Salsa aufgelegt. Prompt schnappte sich Nicklas Cornelia und sie tanzten auf dem noch warmen Sandstrand engumschlungen miteinander, während Bridget und Lucy immer erotisierter sich antanzten. Eine speziell entspannte Atmosphäre lag in der Luft. Cornelia war immer mehr fasziniert vom warmen und offenen Wesen von Nicklas, aber immer mehr bewunderte sie den athletischen und durchtrainierten Körper. Seine dunkle Haut spannte sich über seine Muskeln und Sehnen. Das Bewegungsgefühl von Nicklas war sagenhaft und er entführte Cornelia in eine andere Welt, eine glücklichere Welt ohne Sorgen und Probleme. Auch Bridget und Lucy tanzten miteinander. Doch während Bridget den Körper immer enger an Lucy drückte war Lucy unentschlossen. „Was ist?", fragte Bridget im Rhythmus der Musik. „Ach nichts" und Lucy gab Bridget einen verschämten Kuss auf die Wange. Nicklas steuerte zielsicher mit Cornelia oder wie er es in seinem kreolisch ausdrückte Missy Conny in die Wellen der Karibik, die durch den Mond sanft erleuchtet wurden. Irgendwann standen sie bis zum Bauch im Wasser und umarmten sich. „Missy Conny, ich würde dich gerne küssen". „Aber du weißt doch, dass ich Franz liebe". „Ja ich weiß" sagte Nicklas und küsste Cornelia lange und innig. „Hey schau mal Lucy, ich glaube die beiden knutschen", flüsterte Bridget. „Dann sollten wir in mein Appartement gehen und das Gleiche auch machen.", sagte Lucy als sie Hand in Hand verschwanden.

In dieser Nacht hatte Cornelia einen seltsamen Traum: Sie stand in einem Gerichtssaal vor einen Richter und wurde angeklagt. Der Richter las ihr aus dem Gesetzbuch vor: „ Treu und Glauben, Allgemeiner Rechtsgrundsatz, nach dem im Rechtsleben gegenseitiges Vertrauen geschützt, aber auch vorausgesetzt wird und seine Verletzung unter Umständen   zum Rechtsverlust führt. Besonders schreiben §§157 und 242 BGB vor, dass Verträge so auszulegen bzw. Schuldverhältnisse so auszulegen sind , wie Treu und Glauben es erfordern. Wegen einer Verletzung von Treu und Glauben können bisher wirksame Verträge unwirksam werden." Cornelia fühlte, wie sie in die Kerkerzelle abgeführt wurde.

Ziemlich gerädert wachte Cornelia am nächsten Morgen am Strand auf. Sie lag Schulter an Schulter mit Nicklas und hatte zu ihrem Schrecken außer ihren roten Stöckelschuhen nichts an. Glücklich schnarchte Nicklas in ihr Ohr, während sie sich zu erinnern versuchte. „Ja, da waren die vielen Cocktails und ich tanzte mit Nicklas ziemlich intim. Und dann muss ich einen Aussetzer gehabt haben und mich diesem südamerikanischen Verführer wohl hingegeben haben. Er hat mich aber auch eingewickelt wie eine Barillanudel, ich Naddel.", schimpfte Cornelia mit sich selbst. Leicht angewidert drehte sie Nicklas und seine Alkoholfahne zur Seite und schlich sich lautlos zu ihren über den ganzen Strand verstreuten Kleidern. Sie fühlte sich hundeelend und ging dann halbwegs angezogen in die Apartmentanlage, wo sie sich erst einmal einen riesigen Espresso bestellte und anfing zu grübeln. Nach dem dritten Kaffee wurde ihr Kopf klarer und sie fand es doch besser, erst einmal bei Franz und Jack anzurufen, um ihnen wenigstens zu sagen wo sie sind und dass sie sich keine Sorgen zu machen brauchen. Sie lieh sich vom Kellner ein Handy und rief in Key West an. Nach nur einem Klingeln hob eine Männerstimme ab und sie erkannte sofort die Stimme von Franz. Sie flüsterte: „Hallo Franz, ich bin es." Sofort antwortete Franz. „Cornelia endlich meldest du dich. Wir suchen euch schon überall. Es ist etwas schreckliches passiert. Unser Sohn Francois ist vorgestern schwer erkrankt und liegt auf der Intensivstation. Die Ärzte sagen, er hätte höchstwahrscheinlich einen Blinddarmdurchbruch." Im Hintergrund konnte sie noch das Schluchzen von Franz hören als Cornelia sich leicht schwindelig in einen Sessel setzte. „OK Franz, wir sind in vier Stunden in Key West.", sagte Cornelia und legte auf, um Nicklas, Bridget und Lucy einzusammeln, nüchtern zu machen, mit einem Lasso zu fesseln und in die Cessna zu transportieren.

Leicht benommen saßen die Vier im Flugzeug und Nicklas steuerte souverän, obwohl er bestimmt noch etliche Promille Restalkohol im Blut hatte. Was er da abends sonst noch geraucht hatte, wollte sie gar nicht wissen. Alle zehn Minuten wechselte Cornelia die Eiswürfel für die Wärmflasche auf Nicklas Kopf, während Bridget und Lucy dicht aneinandergekuschelt glücklich im Passagierraum lagen. Sie hatten gar nicht so viel mitbekommen. Nur als sie die paar Schritte vom Taxi in das Flugzeug wanken mussten, waren sie mit einem Gemurmel aufgewacht um dann doch wieder einzunicken. Cornelia kam sich furchtbar schlecht, gemein, verlogen und böse vor. „Ich habe zuerst meinen Sohn Francois verlassen und dann meinen Mann Franz. Dann habe ich ihn betrogen und nun ist mein Sohn todkrank ohne mich auf der Intensivstation. Ich bin eine wunderbare Ehefrau und Mutter", sezierte Cornelia sich selbst.

Nach einigen Stunden landeten sie auf Key West, wo sie Franz schon am Flughafen erwartete. Sie umarmten sich ohne großes Reden, vereint in Schmerz und Sorge um ihren Sohn Francois, der in irgendeiner Klinik in Paris gerade um sein Leben rang, während sie hier sorglos ihr Leben genossen hatten. Wenige Stunden später saßen sie auch im Zubringerflug nach Miami, um von dort aus nach Paris Charles de Gaulle zu fliegen. Im Flugzeug fanden sie Zeit sich alles von der Seele zu reden, speziell was ihre Beziehung anging. „Du, Cornelia, wir sollten nach vorne schauen.", hauchte Franz zum Schluss. „Ja, Franz, lass uns das beste Ehepaar der Welt werden. Und noch bessere Eltern.", antwortete sie den Tränen nahe. Als sie in Charles de Gaulle gelandet waren, nahmen sie sich sogleich ein Taxi in die Kinderklinik und erfuhren, dass Francois soeben operiert wurde und dass er wohl durchkommen wurde. Der Chefarzt sagte noch mit tadelndem Blick: „Wehe denen die zu spät kommen, aber sie sind ja noch rechtzeitig gekommen..." Franz schniefte: „Ja, das sind wir, also Cornelia: Always look at the bright side of life."

Geschrieben vom 9.11.1999 bis 20.01.2000